旅記

Nero 黃恭敏

請讓我告訴你一個真實的故事。

幾年前，有個小孩。小孩聽說如果踏上旅途，就能找到自己。
於是他踏上旅途，去到很遠很遠的地方，認識好多好多人……
卻沒有任何人在他生命中留下，也沒有任何一處地方使他感到歸屬。
今天小孩遇見了一個人，一個真的很想了解的人——

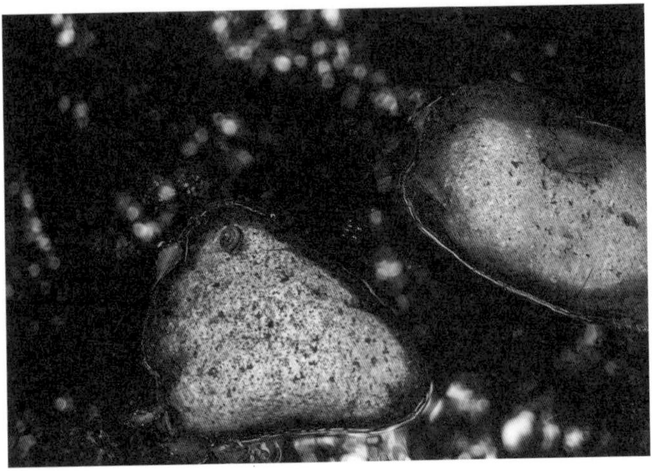

旅記

推薦序

成長在世界的裂痕——《旅記》

李琴峰

近年來，日本文壇與學界偶爾可見「世界文學」一詞。此處的「世界文學」並不是像「世界文學名著」那樣是「海外文學」的總稱，而是相對於「日本文學」、「台灣文學」等限於一國一地的文學作品而言，指具有跨語言、文化、國界特徵的文學作品。作為一個旅居日本的台籍日文小說家，我的作品也常被放在「世界文學」的脈絡下討論。此類世界文學作品在台灣的書市裡是否少見，我不得而知，但可以肯定的是，《旅記》絕對是一本堪稱世界文學的著作。

《旅記》是一本文學小說，也可作為具連續性的散文集來讀。本書主角兼敘事者「我」中文名為「黃恭敏」，英文名為Nero Huang，與本書作者同名。「我」成長於台灣，自幼喪父，高中時代無法適應台灣教育體制，困惑於教師所灌輸的善惡分明的世界觀，同時也厭倦與周遭同學的對立與格格不入。高中畢業後休學一年赴歐洲旅行，後考上紐約的大學，又轉學至波士頓、倫敦的學校，每逢長假便四處旅行，足跡遍佈歐洲、南北美洲、非洲與日本，這些經歷也與作者相符。書中提及的大規模性侵與恐怖攻擊更是真實事件，其年月日歷歷可考。

或許是因為年紀輕輕便四海為家、閱歷豐富的緣故，本書文字乾淨簡潔，沒有過度修飾的詞藻，也沒有難讀的長句，卻瀰漫著一股孤獨氛圍，並偶可見早熟的體悟，如：「現實與真實的差別在於，現實是由謊言捏塑的」、「如果肉體的動作是生，靜止意味著死亡，那對我而言獨自旅行就是在生死之間徘徊」。作為一本書寫作者遊歷經驗的紀行作品，本書也不乏令人眼睛一亮的佳句，如寫日本伊豆半島樹林間的陽光：「兩株綠楓的末端在空中交會，和某些不知名的樹種圍出了一塊小橢圓形的空。那空中雨滴清晰地被陽光給照了出來，好似下起小雪」；又如寫從計程車車窗看出去的加拿大蒙特婁印象：「真是一座紫色的城……車窗上彷彿用了油畫裡星空或藍傘常塗的那種顏料，又或是計程車的車窗本身就是以琉璃融成的，才使這座極北小城在我眼中顯得如此地紫」。

不同於某些「出了國才知道台灣的好」、「離開了家才會思鄉」等政令宣導般的模板，此書書寫遊子經歷，卻並未過度渲染思鄉情緒，也未對特定國家予以肯定或否定。正如主角在義大利遭受種族歧視的不愉快對待，卻也遇到了令他難忘的山坡上的少女，世間沒有桃花源，任何一地皆有其可愛與可憎之處。

「世界的裂痕」一詞在書中屢次出現，是理解本書的一個關鍵詞。「我」旅行波蘭時望著天空有感而發，「僅僅幾十年前這片天空下，此處曾經裂出了世界的裂痕」，作者指的是一九三九年二戰在波蘭開打，我則聯想起一九五五年華沙公約組織成立，世界裂為東西陣營的冷戰時期。如今二戰早已成為歷史，冷戰終結也已逾三十年，網際網路時代來臨，人員往來交通便利，但「世界的裂痕」卻從未消失。國家、語言、文化、黨派、宗教、民族、貧富、階級，種種界線持續撕裂這顆星球上的人群，人們難以置身事外，全都捲進這場非此即彼、非友即敵的二元對立戰爭，這或許便是本書主角屢屢感到的「孤獨」以及「不自由」的根源。

二〇二〇年新冠疫情席捲全球，除了既有的「親美或親中」、「民主黨或共和黨」對立外，「世界的裂痕」又多了一道：即便是在同一國家內，「疫區」與「非疫區」之間也出現了深刻的渠溝。二〇一〇年代便是這樣一個充滿裂痕的時代，本書作者成長於這個時代，遂誠實地寫下了自身經歷，也反映了時代氛圍。

本篇推薦序寫於全球新冠疫情再次升溫的冬季，疫情使得國與國間往來困難，海外旅行成為奢侈念想，政府呼籲人民減少外出，我們的活動範圍遂侷限得極為狹窄，人與人的關係也因社交距離而趨於遙遠。值此時期閱讀《旅記》，使我重新想起這個世界本是如此寬廣繽紛、人與人本該能夠萍水相逢而為知己，望各位讀者也能一同感受、徜徉其中。

二〇二〇年十二月寫於日本東京

＊李琴峰爲芥川賞入圍小說家、旅日作家、日中譯者。

獻給徘徊在裂痕的你

征人與桃

「你很適合穿制服。」

出征以前，她對我說。

「不擔心我會死嗎？」

「不會。」

最後一次整理了我的衣領，她把手放在我的胸膛上。那沉著的神情，彷彿即使此刻天空崩毀塌了下來，她也不會有絲毫動搖。

「你的心跳強又很穩，感覺會是活很久的人。以前我聽了很多次。」

我自認是無法在同個地方待上太久的那種人，而實際上我也成為了那種人。我少年的足跡遍佈世界，其中又以花在歐洲的時間最多。

安道爾——這名不見經傳的小國或許不是世界上最偏僻的國家，但在歐洲至少可以排進前三吧。多數台灣人或許認為法國與西班牙的國土是完全接壤的，但其實分隔兩國的庇里牛斯山深處還有名為安道爾的國家存在呢。

當然這也不能怪大家。除了滑雪愛好者、老道的背包客，以及想逃稅買菸的癮君子，大概也只剩下我這種類似幽靈的人會到訪這連火車軌道都沒有的雪境。傳說九世紀時候，某名加泰隆尼亞貴族厭倦了查里曼征服世界的偉業，暗殺大帝失敗後選擇丟下一切避往深山，與安道爾人共同建立了自己的天地——這就是沒有軍隊的安道爾國的起源。

第一次聽到這樣的傳說時我情不自禁的憶起那座桃花源，不僅是高中課文裡的那座，也是自己一直在尋覓的那座。

於是，二零一二年冬天，休學一年的我獨自到了終年雪封的安道爾。

當時我剛結束了一趟在法國的傷心之旅，放棄人生是不可能的，哭也哭不出來，於是便搭上從土魯斯一路往南的火車。

如先前所說，搭火車的話只能到庇里牛斯山腳下，要上山進入安道爾必須另尋他途。大多數人選擇開車，但我連駕照都還不能考，遑論租車。巴士的話，一天只有兩班，一班上山，一班下山。抵達山腳時已錯過了上山的車，卻也不想立刻轉頭回到法國，便無聊的坐在滿是雪的公路邊等待。

正當我惶惶不可終日、終於打算放棄時，山道駛來一輛黃色的轎車。不知道是什麼樣的事物——心中的桃花源、看過的電影劇情，又或是期盼未來能與那個她相會，而不是冷死在山道上的心情——驅使我站起身來、伸出大姆指、比出一個「搭便車」的手勢。

黃色的車停下了。裡頭是一對來此滑雪的西班牙情侶。他們慷慨答應載我上山，我也難得心安理得的接受了，從此踏上了避世的旅途。

安道爾國是由深山的幾座小鎮拼成的，西班牙情侶載我到的小鎮名叫Pas de la Casa。Pas de la Casa的兩千多位居民中沒幾個人會說英文，幸好鎮上度假旅館的老闆是名來自澳洲的滄桑男子，才有人聽得懂我的意思。

如果現在我在旅途中再次碰上如此老派的旅館，肯定會為之驚歎。可是那時我只是很理所當然的接受了：入住不用限定日期也不用看護照，房錢等退房時再一併結算，想住多久就住多久——這種舊式的、真正為天涯淪落人準備的「旅

庇里牛斯群山

館」，在有網路訂房的世紀根本不存在。令我欣慰的是，Pas de la Casa的訊號強度只有小小一格。

鎮上沒什麼好餐廳，滑雪累了晚餐便在旅館裡吃。每逢傍晚老闆便身著正式服裝出現在晚餐室，和我們一同用餐。侍者態度嚴謹的為客人上菜，吃一頓晚餐總要花上兩個小時。高山湖魚料理的滋味，在我心中留下了難忘的痕跡。

山中無日月，極寒的天氣裡時間宛如飛渡，某天晚上用餐前我環顧四周，山裡和我一同呼吸的有來滑雪的家庭、來度假的情侶、享受退休生活的富翁。孤身一人的，只有我。

畢竟不是桃花源吧。

將近一個月的日子，我滑雪、寫作、雪中漫步、在當地居民間行走、愛上每天對我微笑的金髮女侍、滑雪時差點在山上失足摔死……然而最常的還是沉思，透過房間窗戶往窗外被雪覆蓋的群山望去，在凌晨的微暗中等待黎明第一道光照亮山頭，使沒被照到的山頭化為群青色。

下山那天，我依舊沒有找到存在於心目的桃花源，卻覺得自己打了第一場仗，像是征人。

在乾旱且滿是龜裂痕跡的土地上行走已久，長期缺水的士兵們個個萎靡不振。眼見隊伍就要崩毀，軍裝依舊整齊的青年於是大喊，承諾：

「我知道前方有一座桃林！只要再越過這座山頭，便能起死回生！」

想起又酸又甜的桃子，信任青年的士兵們口中生津。

吞了吞口水，又有了走下去的動力。

然而他心中的桃林其實是座不結果的桃花林。

「你怎麼知道山的那一頭有桃林？」

有個半信半疑、神情不定的人低聲質問青年。

「我不知道。」青年回答。

「但我覺得我會活下去。」

不遠處的夏天

我在倫敦大學讀書時，曾有個英國同學問我日本夏天和英國的夏季有何不同。我告訴她感覺起來便不同。她要我舉實際一點的例子，我便告訴她在日本夏日生長的植物和英國所有的植被種類很是不同，諸如竹、松、菊等等是英國不常見到的植物。

英國同學相信世界大同，我也相信人和人之間的界線是人創造出來的，因此沒有非得存在的必要，然而關於日本夏天我們始終無法取得共識。

「季節的變幻會影響人心。」我告訴她。

「那舉例來說，我和你之間——有什麼不同嗎？」

她以那雙綠色的眼眸如此追問我。

畢業前的那個暑假，我再度造訪日本。

班機延遲了，下機後我在東京短短停留了一個下午，然後便直奔目的地伊豆半島。受不了東京的都市豔陽，我也害怕那種汗流浹背卻又無處可逃的感覺。

傍晚六點半，我搭上往南邊的火車，到了伊東後在便利店隨便買了個海苔飯糰裹腹，接著再轉乘伊豆當地的沿海急行火車南下。

與過往跨越國界的歐洲旅途相較，海水炎色、南國風情的伊豆半島對我來說很小，從沿海線起點伊東搭到半島底端能見到太平洋的下田處只要一小時多。原本預計搭七點五十的火車，然而待火車進站，我才發現眼前急逝而過的列車原來是特等列車「伊豆踊子號」，而我所購買的「外國人伊豆一日遊券」並不能搭特等列車。

於是只好再等。本想就這樣在有冷氣的候車室裡等待下一班列車，但沒多久便因為遊客、鄉下人的吵雜及無法滿足的獨處欲望而起身離開。

靠在車站大廳的柱子上，望著車站外藍青色的天空我等了半小時，直到遠方的綠山沒入霧中前的片刻，才終於搭上一班駛往下田方向的區間列車。

所謂伊豆踊子，指的是川端康成小說《伊豆的舞孃》裡與二十歲學生哥相遇的十四歲舞孃。當時我想選擇一個遠離都市，卻又離都市不遠的海岸作為旅行地，在日本地圖上偶然發現「伊豆」兩字後，頓時便想親眼看看腦海中幻化出來的兩人相會的山、分別的港。

我喜歡在旅途中拖著行李亂走，如追著蝴蝶的小孩追著某條小徑或某個背影，不知不覺便失去了自己的蹤跡。是以當我終於到達下訂的溫泉旅館時，已跡近深夜。

在櫃檯等我的老闆是名膚色黝黑、身材粗壯的當地人。寒暄之後，老闆領著我到了三樓的房間。

一拉開房間的紙門，草織的蓆與樸素的木製家具映入眼裡，想要踏上旅途的心情頓時湧入我久困在靠窗座位上疲乏的心。

「溫泉已經清理了，今夜只好麻煩您先用普通的浴室洗澡！」

安排好房間後，老闆萬分抱歉的對我說。

我一點都不在意。和眾多從東京來度假的社會人士不同，我不是為了泡溫泉而來。

若是在歐洲旅行，我便會選擇廉價的青年旅舍和年輕旅人共享房間。會預訂舊式的溫泉旅館，純粹是因為我已受夠了背包旅行的那種近似夜店的短暫狂喜與悲傷。

正如旅途中的白日與黑夜，來得快去得亦快。如果肉體的動作是生，靜止意謂著死亡，那對我而言獨自旅行就是在生死之間徘徊。在火車上靜坐，是為了抵達目的地後的動；而動之後，是為了另一個靜。

夜更深時，我打開房間通往陽台的紙門，靜坐在紙門邊，望著外頭不遠處一座圍牆上掛著的燈籠，在心中一片動與靜寂之間寫下這些文字。

到達日本的第二天我起得很早，持外國人一日遊卷搭上第一班往南的當地區間車，移動到了下一個目的地河津。

質樸的河津車站外，炙熱的陽光在地上清晰描繪出了車站的輪廓。在車站外找到瞇著眼望著豔陽的民宿老闆。我本想就這樣回到民宿避暑休憩半日，老闆卻告訴我如此晴朗的天氣很難得，不如就近直接前往天城山。

於是我把行李交給老闆載回民宿，一時起意決定上山。在車站前，搭上了往天城山腳的巴士。

天城山的山路並不陡，卻很曲折。爬山當時太陽正大，走在山路上的我卻突然被幾點雨淋濕。走沒二步，雨又停了。樹林很茂盛，遮蔽了我。

又走了幾步，來到一塊沒有葉子遮蔽的空地，我抬頭往山谷方向望去。兩株綠楓的末端在空中交會，和某些不知名的樹種圍出了一塊小橢圓形的空。那空中雨滴清晰的被陽光給照了出來，好似下起小雪。

一輛車突然駛過山谷間下方的道路，我朝它消失的方向望著，佇立良久，渾然忘了爬坡帶來的小腿痠麻。

下山後，大約傍晚四點。民宿老闆開車來車站接我。儘管肉體疲憊，回民宿的一路上我卻盡情的和長谷川聊天。離婚且略顯惘然的他獨自帶著一個八歲的小孩，而我至今依舊不知曉那小孩的名字。

民宿位在一座離河津鎮中心些許距離的小山上，上下山交通都得靠老闆長谷川開車。如果沒有招牌這間民宿就和一般住家沒什麼兩樣，抵達時後院甚至還晾著一床白色床單。

在房間收拾行李，深山的蟬鳴便透過這床床單傳進我心裡，家鄉的夏意頓時湧上。我想起每逢高中禮拜三最後一節體育課下課後，在有冷氣的捷運上看書的那種興奮又倦怠的心情。

我走進客廳時，長谷川的小孩正坐在地板上獨自看電視，完全不在意我的到來。在沙發上坐下，我向他搭話：「你叫什麼名字？」

小孩轉過頭來朝我的方向看了一眼，沒有答話，便又轉頭回去看電視了。我感覺得出來他並不是怕生，而是習慣了旅人好奇的目光。不知道我是第幾個掛著微笑向他提出這疑惑的人。即使知道了名字，沒多久便會離開，又何必苦苦追問呢？

這是國界模糊的時代特有的憂鬱，而離鄉背井的我也是時代的孤兒。胸懷如此困惑，便再也無心在純樸的民宿裡渡過一個寧靜的夏夜。我拜託老闖載我到火車站，想去看看他曾向我提起的：今晚將在城之崎海岸舉行的花火大會。

花火即是煙火，每年夏天都會在海邊綻放。我青春的好幾個新年都在英國的煙火中渡過，夏天的花火卻在日本才綻裂。

從河津到城之崎並不遠，只花了半小時。下了火車來到了站外，我卻迷失在出站的人潮裡。

我猜想大家來此的目的相同，但暗夜裡人潮卻作兩個方向分流，一道往高處，一道往低處海岸去，使得置身中間的我不知該往哪前進才好。

「不好意思……」

「是。」

「請問花火…在哪？」

我用生澀的日語抓著身邊人潮中的一名老太太問。老太太一笑，然後對我說了一串我並不能完全明白的日語。

「你說英語嗎？」眼見我沒有明白過來，老太太用頗標準的英語對我說。
「啊，是的，我會說英語。」
「你是要看煙火嗎？我們也要去。」
我才發現老太太的身邊跟著她的家人，一名中年女士，以及一名少女。和中年女士眼神交會時，她對我溫柔的一笑。
「那太好了。」我回答。
「你可以跟我們一起。」老太太對我說。我感激的道謝。

我們於是一起踏上往高處的羊腸小徑。
沿路的天色是副熱帶夏夜的那種死黑。這種黑在歐洲並不常見，因為歐洲既不瀕臨大洋，夏季陽光也不那麼早消失⋯心底覺得自己彷彿便會撞見一縷過去的幽魂，然而身旁鬧騰的人潮卻為這條彎曲的道路帶來了生氣。
老太太告訴我，這一路上的所有人要去的都是海岸，只是有些人想就近在車站附近的沙灘看煙火，有些人則想繞點遠路到較為靜僻的海灘，因此人海才會如此這般分成兩道。

「你叫什麼名字？」

溫柔的中年婦女Soyeon笑著問我。

從我們的淡淡的閒聊中我得知中年婦女是老太太Fukada的媳婦。丈夫在外地工作，而她則遠從韓國嫁過來日本。

Fukada年輕時曾到歐洲留學，和也去過那裡的我聊得頗是投緣。然而夏夜的道路並不長，很快我們便走上下坡的徑道。

沿著小道走到了盡頭，頓時來到了一處能看到海的地方——

「我喜歡『海』（umi）。」

我用不標準的日語對Fukada說。老太太聽成日語的「命運」（unmei），微笑卻不解的望著我。察覺的我連忙比手畫腳向她解釋：自己喜歡的不是「命運」，也不是「夢」（yume）。

爬下一座小小的礫岩，我回過頭來，伸出手幫助Fukada一家三口爬下岩石。Fukada和Soyeon坦然的握住了我的手，唯有少女拒絕了我的幫助。

少女自行從岩上跳了下來。白色的帆步鞋陷進了沙地裡。我們四人走上坐滿人的沙灘。

穿過人堆找位置的時候我似乎不小心踩到了某隻狗的尾巴，惹得女主人對我白眼相向。一直到煙火開始前的幾分鐘，我們才終於在人滿為患的沙灘上找到位置。

母女孫三人坐在岸邊一處微微突起的礁石上，而我則坐在礁石下方的沙地上，身後恰巧便坐著少女。

花火大會甫一開始我便噗嗤一聲笑了出來。原來煙火所搭配的曲目竟是電影鐵達尼號的主題曲。

美國女歌手熟悉不過的歌聲在天涯的另一頭響起，隨著煙花的爆炸聲及浪潮聲遠遠的傳了出去。

厭倦做夢的我忍不住莞爾，卻並不覺得厭惡。

「好美啊。」

動。

我轉過頭來對Fukada一家人說。Fukada母女露出微笑，唯有少女依舊不為所動。

花火大會結束後，我們一起走回了車站。路途上，腳步較快的我和走在前頭少女淡淡的聊起了天。在白色路燈與黑夜的照耀下，我們從小徑走回了有人煙的地方。

Fukada一家人便住在城之崎海岸，因此不需要搭火車去哪兒。在車站前因我的要求，我們留下了聯絡方式，就此揮手告別。

「我叫——，妳的名字是什麼呢？」

光影之間半白半黑的車站外街燈下我問少女。

回河津的電車載滿了下班下課的當地人，我抓著列車的把手，望著車窗外的海岸，在陌生的人們之間晃來晃去，晃來晃去。

大學畢業後我和英國朋友自然的失去了聯繫。我沒有回倫敦參加畢業典禮，也一直沒有找到機會告訴她我去了日本的夏天。

其實是因為我想留些許遺憾給自己吧。伊豆的那個夏是我最後一趟真正的獨自旅行，在那之後我厭倦了總是獨自一個人，二十多歲的孤獨險些將我逼入了絕境。我厭倦了一個人執著活著、一個人慢慢死去，也累了再去享受孤獨。

在那之後不管去哪，我會跟某個愛人一起。奇怪的是我從來就沒有感受到和朋友或家人一同出遊的欲望──其實和愛人一起的欲望也沒有。

身為一個在二十一世紀的都市間竭力徘徊的遊子，我似乎在陡然之間忘記了愛人的方法。就像在那羊腸小徑上我覺得可能會突然冒出來的幽魂一樣，轉瞬即逝。

這個夏天我短暫回來台灣，開始用力寫下這些旅途。可越是動筆，我的人生越是不真實。過往遍佈世界的幻夢就像城崎海岸的煙火，美麗卻沒有成真。到異鄉幌蕩的我並沒有在外地找到我的歸屬，卻也沒有因此對家鄉改觀。

我便在如此徬徨失措的狀況下和她重逢了。

那天，常去的捷運站附近的連鎖咖啡廳舉辦買一送一的活動。到了咖啡廳後我才發現這件事。成年以後我便喪失了為了參加某樣活動而去購買某樣東西的熱情，為了得到某種物質上的滿足而去排隊在我看來匪夷所思，不是無法理解，而是不能置身其中。

開著冷氣卻還是濕熱的咖啡廳裡人潮洶湧，我很幸運的找到了窗邊的座位。因為大多數人只是要外帶，並沒有打算坐下。我來到了櫃檯點了咖啡，一轉頭，便見到坐在行李箱上等待外帶咖啡的窗邊的她。

她望向我，我也望向她。

我無法確認是她。

「49號──Number 49!」

店員大喊，她從窗邊站起身來，拉起行李箱的把手，從店員手上接過裝在紙袋裡的兩杯咖啡。

「不好意思！」

不能就這樣任由她離去。我對著她的背影，用日語說。

她轉過身來──

那天她多出來的一杯咖啡沒有要和誰分享，我多出來的咖啡也沒能和誰分享。

「妳怎麼會在這？」

「你才是，不是應該在英國嗎？」

「幾個月前回來啦。」

城崎海岸的花火散去之後我們透過網路聊了幾個月，我再回日本時曾和她在東京共享了一個下午和晚上，後來便因為無法勉強成真及徒增的寂寞而只在生日前後互發一則訊息了。

Fukada老太太去年過世了，是因為外國人移民造成的意外事故而死的。官司現在還在進行。她告訴我。

這個消息沉默了彼此。不得已，我最後只好問她對台灣人目前的印象如何。

「對啊，說到這個——台北男生好像比東京人高，但台北女生卻好像不在意身邊的男朋友帥不帥耶。」

她突然興致盎然的對我說，好像我們過往在網路上天天的閒話家常。

「哈哈…因為長的高感覺比較能夠依靠吧，在這兒大家傾向追求安穩，不是嗎？」

我遲疑了一會，然後笑了。

「妳呢？」接著我問她。

「只要帥，至少一樣高就可以了……就算比我矮一點點也沒關係啦，年紀比較小也可以喔，眼睛要好看是重點。」

她頗認真的說。

在那之後，彷彿重拾了些介於彼此之間的什麼，我們又能好好聊天了。我半開玩笑的問她要來台灣怎麼沒告訴我，她向我道歉，我說自己完全不介意。不是不在意，只是不介意，妳來了我很開心。我直白的用依舊半生不熟的日語向她解釋。她的雙眼就像蝴蝶的翅膀，眨呀眨的，飄呀飄的。

久違的父親回到日本辦喪事，她很快便受不了父親的存在。廁所坐墊上的尿漬和沒兩天就堆積成小丘的空啤酒罐使她不再明白父親有著怎麼樣的心思。父親的事業遇到挫折，她覺得父親與其說是在意奶奶的死，更在意的是遺產。於是，便想出國旅行散散心。總覺得自己虧欠家裡，卻又像隻擱淺的魚不得不拚命擺動自己的身子。只顧自己開心的父親就像一隻下雨天才會從土裡鑽出的利己的蚯蚓，討厭如此像父親的自己。

「…那天放學，回到家發現原來父親從外地回來了。太久沒見到他，連臉都有一點忘了。沒有馬上認出他，甚至有一點害怕…父親那時生氣了，好險奶奶擋在中間…是小學時候的事吧。」

她對我說。我開口便想要怪罪她的父親，卻隨即想起Fukada老太太的死以及自身的處境，便不願責怪任何人了。

命裡無時莫強求…Fukada的死也是如此嗎？就像我們都曾經相信跳得夠高就能飛，去到遠方就能相遇一樣。

「……什麼也沒有，走路很難走，真的是沒有終點的一望無際哦。但也因為什麼也沒有，所以……跟妳說，我那時候在沙漠中遇到了野狗群……」

沉默過後，當她開口問我台北的盛夏怎麼這麼熱，我回答她世上還有夏天更熱的地方；她接著問我那是個什麼樣的地方時，我告訴了她去到非洲沙漠的事。

我的人生一直很像鹹水湖裡的一片花，過早的浪跡天涯使我的心難以為任何事所動，卻也不被任何支柱支撐著。而本質上的她也許永遠也不會成為誰的什麼支柱，卻在這心中激起了難以平息的漣漪。

「其實並不很在乎兇手會被判多重的刑。」

最後，當我委婉的再度向她問起Fukada老太太的死，她對我如此說。

「即使被判很重，也不能讓奶奶復活了。倒希望法官就這樣一直不做決定，這樣的話……總感覺比什麼都沒有的好。」

「什麼都沒有？」

「無論死刑，還是終身徒刑…還是多少年…都代表奶奶的死就這樣確定了，結束了，再也不能陪媽媽…卻利用了奶奶的死…只為了做想做的事…」

她心底覺得家裡會同意讓她出來旅行，也是因為奶奶的死與遺產。與其說是在旅行，覺得自己更像是在逃避。

不用如此自責，我告訴她。因為她是妳的奶奶，我相信Fukada她也會支持妳。

東方人眼裡的利用，在西方人心裡並沒有那麼沉重。彼此利用的同時，或許也能找到一些活下去的動機。我拿出一副出國見過世面的口吻安慰她。她信任了我，彷彿雨沾濕了雨傘。

人與人之間，或許本來即是如此，呼吸彼此呼吸過的空氣，宛如微生物分解彼此屍體以獲得生存的養分，我們即是在這樣蟬鳴蟬死的夏天裡生長的。

在這夏季稻田長大的我們根深執著的心已無從真正的獨立，便也只好如此。如此難以看清的無奈那天在咖啡廳裡我沒有對她說，想待她在不遠的日後去跨越。

又到了從此難以再見的時刻。她要往南繼續她的旅途，而我要送她到閘門前。火車站裡售票機器前大排長龍，踏著輕快腳步的她上前排隊。沒有要買票的我沒有遲疑太久，也排進了隊伍的尾端。

「還以為你不來陪我排了呢。」

她半開玩笑的說。

「其實啊我今天正好要去屏東，剛好也要買票。」

我回答。

「真的？」

「沒有啦，不過我一直蠻想去的。」

「可以啊，我也要一路往南邊去……不要一起去嗎？」

待到分別的時候，她問我。

搭上了夏天的火車，眼神望向窗外，窗內有著也望向窗外的她。

火車上向她借了筆和面紙又還給她的我，想起那個夏天在京都東福寺寺院裡獨自一人迷路，聽見一座圍牆後傳出以笛子吹奏「瑪莉有隻小綿羊」的聲音。ㄒㄒㄌㄌㄒㄌㄙ，不整齊的笛聲乍停，小孩的喧囂傳來，問路的女生告訴我那是她讀過的幼稚園……寺院深處有一座隱蔽的小橋，獨立於橋上的我凝望。直到池面突然掃過一陣大雨，然而卻沒有感覺自己被淋濕……原來是池中成千水黽因為一陣風吹紛亂跳動。

一直不停鳴叫的蟬彷彿使得轉瞬即逝的車窗上無際等待收穫的田更加寧靜了，曾經我喜歡深入鄉下的原因便是因為誰也不認識我，還能假裝自己保有一絲舊時的質樸與耕者的期盼…可如今我已不想假裝…在竭力揭開那小徑盡頭處的夢之前，她的眼神透過樹梢與草叢的間隙，在我眼前清楚又清澈的浮現。

我們宛如某種受了傷的海生生物，在炎涼的海面上浮沉。我面朝炙熱的海面之上，仰躺著，她往海面下凝視，以比我快的速度往前方游去。

倒映在那眼瞼深處的是湖一般透明的眼神，頓時便想沉溺在擦乾眼前少女淚水的溫柔之中。然而，現在我們都不再需要解答，也已失去了解答。

就算夏天再一次到來、不見，我們……

我想我們應該會一同活下去吧，即使並不一起。

「那樣妳有感覺嗎？」

某天，我問她。

「其實沒有耶。」

她給了和過往愛人不同的解答。

或許是因為不懂望梅止渴的承諾造就了這樣的差異，我想。

「靠得夠近的話，可以聽到它在流動的聲音呢。」

她曾對我說過。或許女人是種季節的生物。我想。我也是。

不知道哪天，我緊緊的抱住她，任由她停靠胸前呼吸。一轉頭，便會望見那顆在季節變幻裡流動的心，從黃昏白天到黑夜，以及從夏岸邊礁石上跳下來的她和自己。

東福寺

Nero Huang《心》

琴

我十八歲那年，她二十四歲。
此刻我二十四歲，她便是三十歲。
那我死去時，她是否還活在這世上，望著這片白色的天空？
「給我們看看你的手。」
她用英文對我說。我把手交給她，她握住了我的左手，然後仔細的端詳了起來。
「阿亞妳看，他的手指好長哦，應該很適合彈鋼琴。」
「我看看——真的很長耶，你真的想學鋼琴嗎？」
「真的。」
我回答。
那時候的我不知道這無心卻又真心的答案，會如此改變了我生命的軌跡。因為這解答，她如同雪飄進了我宛如琴鍵的生命裡，最終，我們卻也如鋼琴的半音與半音之間分明。

紐約的學生生活和我想像的有點不同，至少遠不如好萊塢電影那樣色調鮮明。九月開學至今，我在寒冷的天氣裡渡過了大部分的時光。天氣預報過幾天便要下雪，而那將是我人生中第一次在雪裡渡過冬天。

對於東京人的阿亞和在釜山長大的她來說，這絕對不可能是第一次見到雪。然而我們都很期盼。這種盼望對於我來自長島的同寢室友傑森來說頗為不可思議，因為每逢冬天他便要爬上屋頂幫家裡鏟雪。「剛開始下的時候還挺好看的，開始融化之後你就知道了，有夠髒的。」

傑森警告我。但當時的我根本沒想那麼遠。

我、阿亞、她，我們三人在英語會話課上相識。英語會話課是國際學生必修的課程之一，我認為自己的英語程度早已超出老師所教授的初級會話許多，課堂間時常感到煩悶。

不管英文再好，我們始終都是外國人。因為都是外國人，所以我們聚在一起取暖——這種想法曾在當時執著於自己亞洲人身分的我心中萌芽，但年輕且冰冷的心很快便接受了她們，我將她們的存在視為理所當然。

她們成為我熱愛英語課的理由。相較起身為研究生的她們，大一新生的我空閒時間可是多得多。比起按著書裡他人眼中記錄下來的航線去摸清世界，探索眼前陌生的城市與道路更能引起我的興趣。白天一有空我就往外跑，晚上才回到宿舍裡。至於傑森總是晚上才出門，是以我們一個禮拜難得打上幾次招呼。

她們的生活繁忙無比，音樂系的學生一天清醒的時間有三分之二都得花在小小的琴房裡練習樂器，剩下的三分之一再扣掉上課和吃飯的時間便沒剩多少。

上課對我而言是種非必要的干擾，能翹的課我都翹掉了——只有英語會話課我從未曾缺席。在紐約廣闊的人海中獨自行走，時常能讓我的心傳來一陣悸動。儘管如此，我心中真正盼望的始終是那不多的和她們在一起的時光。

我們的學校並不在紐約市，而在紐約州的中部。要到紐約市，首先必須搭校車到離學校最近的一座叫作白色平原（White Plains）的城，然後從那裡再搭上半小時左右的火車，才能抵達世界的中心NYC。

我們的校園可說是與世隔絕。這所具有國際聲望的藝術學院卻有那種美國郊區的氛圍：大家都認識彼此，卻也僅此而已。我日以繼夜跳動的心並不服氣，每逢週末便會搭上往紐約市的火車。

而就在雪前的那個週末，我在候車室等候火車時遇見了她。

那是個白色的午後，自動售票機前獨自佇立著她的身影。

我怯步了幾秒，然後鼓起勇氣走上前，打算向她打招呼。

在我出聲前便轉過頭來的她對我笑了。

她向我解釋道：原來，她身上剛好沒帶現金，想用信用卡買票卻不知道怎麼操作。

於是我操作機器，代她選了刷卡的選項。當著我的面她開始用一根手指輸入信用卡密碼，為了避嫌我趕緊把頭撇開。

「謝謝你。」

車票隨著印刷時「切切」的聲音掉出了機器。接著我聽見她對我說。

轉過頭，她的笑容近在眼前。

東岸十一月的天氣使眾人裹上了厚厚的夾克，她身上圍著一件米色大衣。想像中身材嬌小的她並不適合穿大衣，但她黑且長的頭髮卻和米色大衣非常相襯。

車票在手，我們來到頗具寒意的月台上，望著灰濛濛且微微結霜的軌道等候列車。

月台對面的柵欄攀附著些許雜草，看起來很快就會因為天冷而死去。

「我聽說前幾天才有人從這裡被推下軌道呢！」她對我說。

「我也聽說了，好像是我們學校的學生。」

「哇，真的？那你知道為什麼嗎？」

我朝她的側臉望去，她也正好望向我，我們把目光各自撇開。

「那個人好像只是個神經病，隨機害人，不過好險被推下去的人後來只受了輕傷。」

她瞪大了那雙溫柔的眼睛。「好恐怖喔。」

「那妳站後面點好了。」

我對她說，她依言退後了幾步。

「我站在妳前面，這樣就不用怕有人推妳了。」
說著，我便站到了她與月台之間。
「那你怎麼辦？」
「我沒差。」
「真的嗎？」
她問我，帶著一副懷疑的表情慢慢退到牆邊，然後靠在牆上。「這樣就沒有人能推我了。」她對我笑著說。
「妳去紐約要做什麼啊？」
「沒什麼，想逛逛街。」
「自己一個人嗎？」我問道。
「恩，原本想找阿亞一起，但她要練琴，下禮拜就是她的期中發表會。」
我點了點頭。「之前跟阿亞去聽妳的發表會，有一首曲子我很喜歡……我記得是叫作小狗進行曲是嗎？」
「降D大調圓舞曲嗎？我一開始彈的那一首。」

「對。不是叫作小狗圓舞曲嗎?」

「那是別人幫曲子取的綽號哦,作曲家作曲時只把它叫作降D大調圓舞曲……比如說貝多芬的命運交響曲,其實在西方從來不叫作命運,只有亞洲人才會把它叫作命運交響曲。」

「真的?我之前都不知道呢。」我頗為驚訝。

「應該是因為亞洲人比較浪漫吧。」

她說,然後咯咯的笑了。

「喔對了,我想問妳一個問題。」

「你問呀。」

「如果現在開始學鋼琴,會不會太晚呀?」

「不一定。」她側頭想了想。「你想學琴嗎?」

「恩。」

「真的嗎?」

其實我想問她已經很久了,卻不知道為什麼在那當下問出了口。這世上難以啟齒的事總有那麼多，但若不啟齒，便也只能遺憾了。

我並不是相信命運的人，若是將錯失的機會怪罪到命運頭上那一切將會輕鬆許多，也正是因為怪罪自己，所以我時常感受到打從心底發出的孤獨。

阿亞的期中發表會很順利，我和她一同出席了。加上在場評分的老師不到二十人的觀眾之中要數我拍手拍得最大聲。

謝幕之後沒有慶祝的機會，發表會結束的當天下午也要練琴——這就是鋼琴系學生的人生，她們笑著對我說，我卻感到一陣陌生。

阿亞換下洋裝之後，我便如往常一樣陪她們從音樂學院走到琴房。

我們剛踏出屋簷下的片刻，天空裡下起了雪。

雪比預計的還要早一天到來，該說是命運嗎？因為提早下起的雪，我們三人沒有馬上往琴房走去，而是來到了學院後頭的小山丘上。

山丘下可以望見大型表演廳的停車場，每逢演出這兒便會停滿全國各地來的車，此時卻是一片空無。停車場不遠處是通往白色平原的公路，樹葉凋零得差不多的林子佇在公路兩旁。

回頭一望，山丘上除了佇立的我們之外，也不見任何人。

「他跟我說他想學鋼琴耶。」

「真的嗎？你會讀譜嗎？」

「讀譜？」

「就是看五線譜呀。」

我點點頭。國小時我曾加入合唱團，升上了國中，信基督教的合唱團老師更將我稱之為「上帝的恩賜」。可惜這恩賜隨著我的聲帶成熟，就這麼消失不見了。

「給我們看看你的手。」

我把手交給她，她握住了我的左手，然後仔細的端詳了起來。

「阿亞妳看，他的手指好長哦，應該很適合彈鋼琴。」

「我看看——真的很長耶，你真的想學鋼琴嗎？」

「真的。」

「我可以教你。」

阿亞突然對我說。說英語時的她顯得十分堅定。

音樂學生練習的琴聲從小山丘另一頭的琴房傳來，是蕭邦。琴聲在這雪的天氣裡顯得有些蒼白，宛如悄悄起舞的芭蕾舞者……

「真的嗎？好啊。」

我回答。

我們走下山丘時雪已經停了，初雪就是這樣難以捉摸。

當天晚上下起了足以埋沒一切的大雪。

美國人以華氏度量氣溫，起先我並不是很習慣。定義同樣的氣溫時華氏總比攝氏高上幾十度，記憶裡的三十度炙熱，這裡的三十度卻是如此清冷。

這樣認知與感受的落差，在我初來乍到的心裡交織出了一道微妙的弦，彷彿室內樂中同時演奏的中提琴與小提琴，沉吟，鮮明。

阿亞認真的記下了換算攝氏與華氏的公式，相反的我卻透過一天比一天冷的天氣來衡量華氏：

「啊，原來這就是華氏四十度的天氣。」

「窗口結霜的今天比昨天冷了十度呀……」

類似這樣的衡量方式使我直至搬去英國都沒能精確的以華氏來區隔四季，卻也漸漸使我忘卻該如何以攝氏過活了。

阿亞教我鋼琴的學費是每次上課便要請客到學生餐廳吃一頓晚餐，每週上課兩次，一次兩小時。雖然才認識不久，我們彼此卻能像經歷過波折的好友聊天，對於學琴想必會有所幫助。我這樣告訴自己。

正式開始上課的那個禮拜，阿亞卻告訴我她也願意教我鋼琴，讓我在她們兩人之間選擇一個人當老師。我問阿亞為什麼要告訴我這些。阿亞臉上帶著一種我猜不透的表情告訴我：因為她要求一定得替她傳達她也可以教我這件事。

後來的我才知道向所謂的理所當然提出異議多麼需要勇氣。

使用華氏的當地居民們鮮少會以負數來形容天氣，可是我向阿亞學琴那個冬天的北極漩渦卻為年末的紐約帶來了一場又一場攝氏零下的暴風雪。

冰霜來臨時一離開室內便要全副武裝，建築與建築之間更由設有暖氣的地下道連結，以免學生凍僵。這樣的氣候裡我們鮮少待在室外，白天總在課堂與宿舍之間徘徊，並在晚間琴房外的走廊上不停的擦身而過。

我和她依舊會一起到白色平原買東西，卻再也沒有機會去紐約市了。

隨著冬季越深，我們對時間和所在的處境產生了一種漫無止境、餘音纏綿不絕的錯覺。對於總在深夜才走出琴房的我們來說，沒見過的黃昏才剛過去不久，緊接著的卻是白天的課程。

如風雪不停迴旋的十二月的某夜，我練完了琴，獨自徘徊在十點鐘回宿舍的路上。

路旁積滿了雪，我把下巴縮在深藍色的羊毛圍巾之後。

唯有新建的琴房位於校園邊際，沒有與其他建築連結。

而傑森今晚想必又會帶他新交的女朋友回宿舍同寢。

想到此處，我頓時起了到圖書館渡過今晚的念頭。在此之前我決定先到學校附設的星巴克買杯咖啡和三明治什麼的裏腹。

跨出腳步，我由街燈在雪地上所描繪出的光暈邊界，緩步走到另一盞街燈微溫所能觸及之邊際。再度踏入雪中，夜晚再度清晰時，我抬起頭來，望向夜空。

從既冷且白的室外踏進光線橘黃的咖啡廳宛如從北極海上岸。

咖啡廳裡暖氣強勁，播放著爵士樂。身上的寒氣還沒褪去，我便發現靠著一面牆獨自坐著的她。

牆面上掛著一幅面容我早已忘卻的畫，而她一頭黑色秀髮就在畫下靜靜垂著。

「你也來啦。」

原本停留在手機上的目光立刻注意到了推開門走進來的我。她笑了，然後叫了我的名字。

「啊，妳怎麼在這裡？」

「我剛剛練完琴，所以……就來喝咖啡。」

說完，她又對我笑了。

「原來……我可以坐這嗎？」

「當然呀。」

我把書包放在她對面的位置，然後有點不自然的對她說：「那我先去點喝的哦。」

她笑著點點頭。

她的笑很溫柔，使我忘卻了適才雪中行走凝結出來的孤獨。

「妳最近在練什麼曲子啊？」

端著咖啡坐下來之後，我問她。

「蕭邦的幻想即興曲。」

「啊，原來是妳！」

「我？」

她不解的望著我。

「我剛剛有聽到妳的琴聲，妳是不是在二樓的琴房？我就在妳隔壁。」

「是哦。」她瞪大眼睛。「難怪我想說怎麼會有人在彈『瑪莉有隻小綿羊』。」

我靦腆的笑了。學校音樂系的門檻極高，包括她在內的許多學生早已具備了演奏家的實力，會彈瑪莉有隻小綿羊的人自然是沒有。

「但是你進步得好快啊，你彈的另一首曲子很難呢。」

她像是突然想到什麼似的望著我。「那首曲子叫什麼啊？」

「雲。」我回答。

那是一部當時我很著迷的日本電影的主題曲。每當練完阿亞交代的哈農與練習曲目，我便會彈自己喜歡的曲子。這些曲子往往超乎我的能力，然而我並不在乎，只是沒日沒夜的埋頭苦練，久而久之靠著慣性的手指記憶，我竟也彈出了想彈的曲子。

阿亞並不贊成我這樣揠苗助長，過早接觸高難度的曲子往往會在日後留下不可磨滅的壞習慣。然而能憑自己的雙手彈出一直以來只能在手機裡循環播放的曲子的那份喜悅，是什麼成就都比不上的，哪怕就算只有開頭幾個小節。正如同我不願循序漸進的人生，就算要斬斷未來的根莖，我也想聽聽心中的琴聲。

「下次我想聽聽看你彈那首曲子，從頭到尾。」

她向我提議。

「可是我只練到了三分之一的部分耶。」

「沒有關係。」

即便已接近十一點，咖啡廳依舊很多人，我遠遠看見幾張音樂系學生的熟面孔，想必是和我們一樣剛剛從琴房過來吧。此時我不想被任何人認出，只想靜靜聆聽她的話語。

命運的交響曲在她黑色的眸子裡沒有位置，我彷彿領略了溫柔為何物。

「你等下要回宿舍嗎？」

「不知道，可能不會吧。」

在她的追問下我道出了實情。雖然這對美國大學生來說似乎是沒什麼大不了的事，但我不想聽著傑森女友的叫床聲入眠……儘管傑森會等我睡著後才開始對女友上下其手，然而我根本無法在這樣的壓力下入眠。上一次他帶女友回房間時，我便在宿舍地下室的烘衣間裡渡過了一個轟隆隆的夜晚。

聽我說完，我們兩人陷入了短暫的沉默。和大學生不同，研究生擁有自己的宿舍房間。當時我們已經很熟，如果她是男的我便會問她能否讓我去她家打地鋪一晚⋯⋯

但做惡夢的我時常會從睡夢中突然跳起身，如此咬牙切齒的戒備前方的黑暗⋯⋯從根本上來說，那時的難以啟齒並非熟識或不熟識使然，也不是因為性別或惡夢，只是當時的我還不足以了解而已。

「你可以來我家過夜？這樣你就不用去圖書館睡了。」

她對我說。此時我讀不出她臉上的表情。那時的她透明的眼神裡彷彿什麼也沒想，又或許只是我猜不透她的心思而已。

回家的路上，學校的庭園傳來了一股奇特的味道。我告訴她那是有人在抽大麻，她驚訝的告訴我自己一直以為那是青草的味道。我頓時很想抱緊她。

夜深時，我問她為什麼會來美國，她告訴我自己回韓國後或許便會找個人嫁了。

年輕的我們總把得來不易視作理所當然。即使對命運有諸多不滿，卻總希望能和命運和好，使命運眷顧自己，使一切顯得心安理得……總以為世界就是這麼順其自然的運行，卻不知道無形之間自己已成了交響曲裡的一個小小音符。

那時的我以為自己能在她們的陪伴之下一直這樣追尋下去，然而在這自由自在的世界裡並不存在永遠陌生的島嶼，樂章裡也沒有不曾結尾的情感……其實恰恰相反，盼望事物長久存在反倒是一種不真實的情感，而美麗的悲劇往往伴隨這不真實的情感到來。

那寒假我決定飛到波多黎各過冬，而她則回釜山渡過新年。於是我們一起搭上前往機場的火車。

首先穿過雲層抵達的是她的班機。拖著她的行李我們一起來到了安檢站前，還沒有要搭機的乘客便不能再過去了。

我把行李交給她，隔著正在排隊的人群，在圍起來的安檢線外隨著她的腳步慢慢往前。

我比她走快一步，以免她隔著人群看不見我，走到人群盡頭時卻無法再跟下去了。

我想說些什麼，卻說不出口，於是我喊了她的名字，對她說：

「Be careful.」

我人生中的送別往往是在機場。使我相信在機場告別比在碼頭或車站來得難多了。因為在安檢處分別後，對方還得經過長長一條道路才能找到登機門，若是班機延誤，又或許還得在陌生的旅人間焦急的等候……

Rincón

若是反悔了，也不能回頭下車或下船了。

我一直望著她前進的方向，眼裡盡是她適才紅了的眼眶。直到她走出我視線所能及之處，我還是能看見她和她的黑髮，走向一段我不在其中的未來。

波多黎各炎熱夕陽的照耀下，我想像在海的彼端的她，知道她或許正要睡著，或許在夢中盼望著，我便感到一陣心安。

我在波多黎各渡過了一個可以稱之為帶有救贖意味的頹廢假期。我在聖胡安的沙灘上認識了一群來自芬蘭的衝浪客，隨著他們一路開車橫越島嶼來到西岸沒人的地方逐浪。每次猛力摔進微涼的海水裡，以為這次真的要失去呼吸時，便覺得自己彷彿又重生了一次，又少思念了她一點。

傍晚水冷的時候我們便坐在陽台上喝啤酒，望著浪一次又一次朝生長著棕櫚的墨綠色岸邊撲來，原本無色的海水在即將靠岸之前化作白花花的浪潮，然後一次又一次的散開流失。

新年過後，目送芬蘭好友們搭上回家的飛機。旅費花完了，我便只好在聖胡安機場座位上睡幾天。

返家前一天晚上機場搖晃了起來，剛剛抵達或即將離去的美國遊客們嚇得無處走避。活過地震帶又曾在教室課桌下躲過許多次虛驚的我，卻決定繼續沉浸在耳機的搖滾裡。

從波多黎各回到紐約後我的嘴唇下方多了道衝浪割出的疤，曬成了一隻烏漆墨黑的猴子——阿亞說自己第一眼差點認不出我來。

小猴子君——阿亞笑著如此稱呼我。回紐約後距離學期開始還有一段時間，而我的大學宿舍還沒開放，於是便借住在阿亞的家裡。

不知為何和短髮及肩的阿亞在一起我便沒有了和她說話時的驕傲或羞赧。一切都是那麼的理所當然。我們不必透過理性的英語來道早安、晚安以及掰掰，我彷彿也能讀懂那一雙大眼睛裡頭的思緒。宛如貝多芬遇見說德語的愛麗絲、蕭邦遇見說法語的喬治桑，命運的交響曲在我們之間一刻也不停的進行。

一個晚上，從琴房回來後，我見到專注的阿亞坐在沙發上，一邊讀譜一邊在空氣中彈琴。這是她常有的習慣，如此一來即使沒有鋼琴便也能隨時隨地的練琴。我坐在她身旁的空位，摟住了阿亞的肩，陪她一起讀起了譜，直到夜深時便各自去睡了。

轉學離開紐約之後我保留了彈鋼琴的習慣，只是沒有了老師驗收，我從此只想彈自己想彈的曲子，不再認真練習。果然如阿亞所預言的，我彈琴時多了許多不好的習慣動作，也斷絕了我成為指揮家的可能。

如果這世上的人只要彈鋼琴就能生存下去那該有多好……曾經這樣想過的我如今卻已明瞭。沒有誰的人生不是充滿遺憾的，差別只在於有沒有察覺，以及察覺後後不後悔而已。每當咖啡廳裡、手機裡傳來一首阿亞曾教過我的曲子、我喜歡的曲子，或是她曾彈過的曲子，我的右手時常不經意的在大腿上彈起了相對應的旋律。在捷運上、街上，或是在前往某處的班機上。

冬季瀕臨尾聲時她回來了。再見到她，不知為何我們之間彷彿多了一道空氣牆。年輕的我甚至猜想是不是因為我的唇下多了道傷疤，然而她什麼也不說，只是溫柔有禮的對待我，使我不知所措。

學期開始後阿亞和她開始為春季發表會做準備，更加沒有時間陪我了。我們一個禮拜難得見上二三次面，就連我和阿亞每週固定的晚餐約會也延後了。

當時的我依舊處在完全不在意課業成績的階段，寂寞如同一刻也靜不下來的猴子，幾乎把所有的時間都花在琴房與咖啡廳裡，只因為那樣便有可能和她偶遇，並在再次分別前說上幾句話。

記得有一天晚上，我不知何故再度來到了音樂學院後頭的小山丘上。應該是剛聽完某場巡演至學校的鋼琴大師演奏會。我抬頭仰望，夜空中星星繁多，位在另一頭的琴房傳來了眾多音樂學生的練習聲，在那其中我清晰的分辨出了她的琴聲——蕭邦的幻想即興曲。覓著這份琴聲，我慢慢移動腳步，橫越山丘，找到了那傳來琴聲的窗口。

位在三樓的小小窗口上看不見坐在鋼琴前的她，只有一片因為琴房熾亮燈光而發黃的牆，可是我百分之一百確定那裡頭正在彈琴的人就是她。

原來她就是在這樣一扇門後與這樣一扇窗戶裡渡過童年、少年、青春、以及未來的時光的。我在那站了許久，直到春寒的靜寂將我包圍。

那時我正執著於轉學到位在市中心的學校而苦惱，而她作為研究生也將在幾個月後畢業，焦急的我再也受不了這樣無聲的沉默。暴風雪稍停的那個禮拜，我問她願不願意週末和我去紐約。

她答應了。

去紐約的火車上我們之間沒有太多話可說，到了一片銀白的紐約市後我們依舊無語，直到我們碰上了一件宛如命中注定的怪事：

當時我們並肩走在街上，一名男子從我們身旁經過，然後突然轉頭攔下她，問她是否能給幾塊美元。

這種事我在旅途中屢見不鮮，只消無視對方的請求便可脫身。然而面對男子的請求她卻顯得有些不知所措，不好意思隨我掉頭就走。

「不好意思，沒錢。」

僵持不下時，我對男子說。

「我在和她說話，不是和你說話！」男子向我大吼。

「和她說話就是和我說話！」我對男子吼道。

男子走了，留下我們在雪中。仰望白茫茫的天空，直讓我聯想起無限廣闊的一張白紙，在這張白紙上我和她能夠留下什麼樣的痕跡，而她的琴聲又是否能在這無限廣闊中傳達出去。

如果為了後者而必須放棄前者，那我願意。

從白色平原回到學校的接駁校車上她看起來很想睡，我傻傻的問她要不要靠在我的肩上睡，她回答不用了。卻接著告訴我：如果我想睡，沒地方靠的話，可以靠在她的肩上。

我坦然的把頭靠在她纖弱的肩膀上，就這樣靜靜的望著窗外的枯樹流逝。

那天晚上我們和阿亞約定一起到學生餐廳用晚餐。我已積欠了阿亞學費兩個星期，也剛好我們三個已經很久沒有在一起了。我們挑了窗邊有暖氣的座位，即使經歷了紐約嚴酷的冬，我們賞雪的興致卻也沒有化作厭惡。

「發表會要彈的是幻想即興曲吧？」阿亞問她。

「對呀。」

我問她是否偏好哪位鋼琴家的「幻想即興曲」，她於是拿出手機，用一根手指搜尋起來，然後開始播放某位俄羅斯鋼琴家所演奏的「幻想即興曲」。
我和阿亞於是把臉湊近餐桌上的手機，聚精會神的聆聽。
就算是同一首曲子不同的鋼琴家彈起來也差異甚大——漸漸了解到這一點的我興起了就此將生命沉浸在音樂世界的念頭。
「我喜歡這個版本。」
聽完之後，阿亞對她說，她的目光卻一直停留在我的臉上。
「阿亞妳看，他的眼神變了，跟聽音樂之前不一樣了。」
「有嗎？」
她們盯著我的眼睛看，彷彿能讀出我的心。
我也望著她，我再度和一雙如此漆黑、如此透澈的眼睛對視如此之久。那之中的心思，我卻連一絲絲都不懂。
「他的鋼琴進步得好快哦。」
「對呀，他真的很有天分呢。」
兩名女孩當我不在場似的談論著我。

「可是再怎麼樣也沒辦法當上鋼琴家，起步太晚了吧。」

我插嘴。

「不會的，舒曼二十歲才起步，你只要認真練習就有機會。」阿亞很是認真的對我說。

「不是說彈鋼琴也是運動的一種，沒有從小練起很吃虧嗎？」

「是這樣沒錯，但是我相信你只要想做、苦練，就能做到。」

「你也可以當指揮家呀。」她突然對我說。「我覺得你很有指揮家的特質。」

「只要再留一頭狂放的長髮就ＯＫ了。」

阿亞說，我們三個一齊笑了。

我沒有告訴她我在阿亞家借住兩週的事，至今我依舊不了解自己當時為何要隱瞞。晚餐快要結束時，阿亞將我落在她家洗衣機裡的一只襪子還給我。

「ありがとう。」（謝謝。）

我不以為意的接過。

「你把襪子忘在阿亞家？」

她瞪大眼睛的望著我，用英語問我。她的臉上有一種不知道是真的驚訝，還是故意要讓我們覺得她很驚訝的難以理解的神情。

「對啊。」

我回答。

在那之後我們又回到了去紐約之前的狀態，一個禮拜只見上一次面也不稀奇，見了面卻也只是彼此笑笑而已。我感覺到我們之間有什麼戛然而止了，卻依舊一點也不解自己的處境，反而賭氣似的和演奏會圓滿落幕的阿亞天天成雙入對。

音樂系的友人們都理所當然的認為我們在交往，我便也這樣接受了自己的位置，即使心中其實並不服氣。

矛盾與倔強為我的青春蒙上了一層徘徊不去的陰影，也傷害了我周遭的人。每天早晨醒來我都盼望著她的訊息，到了夜晚我便豎起耳朵聆聽遠方的琴聲，然而什麼聲音也沒有。

直到發表會來臨的那天。她請阿亞在觀眾入場前幫她打理鋼琴與演奏廳，我才跟去了。

阿亞在演奏廳外頭張貼入場路線的海報，吩咐我留在演奏廳，把觀眾席裡眾人落下的垃圾撿一撿。

絕音空蕩的演奏廳中一點聲響也沒有，就連我呼吸的聲音也聽不見。

低頭行走的我發現酒紅色的折疊座椅下方藏著一張被揉成一團的曲目海報，在毛絨絨的地毯上我跨出腳步，彷彿踏在濕漉的年少裡。

再度直起身時，我轉過頭，望向不遠處偌大且明亮的舞台，突然起了玩心。

丟下垃圾袋與夾子，我來到舞台上。

在鋼琴前坐下，逕自彈起了自己喜歡的曲子。

擺在那兒的鋼琴是世上所能尋到的最好的鋼琴，我不成熟的琴聲以前所未有的音聲遠遠的傳達出去，琴聲如雲朵般鋪成了我們的天空，還沒被雲遮住的那部分有如她們的眼睛一般漆黑，到了三分之一的地方戛然而止。

「彈得真的好棒哦。」

不知何時，一襲白色裙裝的她在觀眾席的後方出現了。她笑著對我說，問我有沒有帶樂曲的譜子。

我對著她點頭，用手機找出了樂譜。

這時阿亞從外頭進來了，驚訝的注視著我們。

她逕自在鋼琴前坐下，將手機小小的螢幕橫放在琴架上，請阿亞幫她翻頁無法一次全部顯示的譜子。細長且剛強的手指在黑白琴鍵之間飛逝，就這樣，把原本沒能彈完的曲子給彈完了。

那個夏天，我轉學去了波士頓，追逐我的電影夢。我所知道的是阿亞回到了日本教書，她回到了韓國，一年以後再度回到美國攻讀博士，可是那時我已搬到了英國。我們於是再也沒有見過面。

聽見手機裡傳來相符的旋律，我時常往天空的方向望去，想知道同片天空下的她正做些什麼，聽見了嗎。直到後來的某一天，我才知曉她們一定也在演奏著，聆聽著。

那片未能有顏色的天空此時還是……溫熱著我。

謝謝。

夏之賦

二〇一四夏天，學校放假，我從波士頓獨自到義大利旅行。

首先到了威尼斯。因為這趟旅途威尼斯在我心中留下了一道頗糟的記憶——遊客實在太多。

其中又以說中文的遊客最多。從貫穿全市的運河上的任何一座橋上往下看，貢多拉船上清一色全是黑色的頭頂。

當地商家視這些操著古老語言的黑髮遊客為搖錢樹，黑髮的我自然也不例外。但當時還是學生的我已把所有的錢花在機票上，只剩一顆浪漫的心。

市區內的餐廳分為兩種，一種開在大街上，一種開在巷子裡。大街上的餐廳賣的是符合遊客想像的「義大利特色」的餐點，特別歡迎有錢的黑髮遊客們攜家帶眷前往。這類餐廳裡的侍者全都會說義大利口音的英文，一盤義大利麵要價二十歐元。

另一種則是巷子裡的餐廳。是給只想吃頓飯的當地人去的，賣的是當地人習慣的料理。在這類沒有侍者的餐廳，一盤義大利麵只要七歐元。

只想吃頓飯又只會說英文的黑髮少年就這樣被夾在大街和巷子正午的陰影之間，哪兒都去不成。

於是，黑髮少年帶著超市買的一瓶便宜紅酒，來到了威尼斯傍晚的河畔。和他剛剛在旅館認識的同鄉旅人對飲。

此時我已忘了她的名字，也忘了當時到底聊了些什麼，卻還記得她曾說過這樣的一句話：

「你不覺得你的理想太天真了嗎？」

在那之前，少年應該是回答了「理想的女生是怎樣」的問題。

「不會啊，因為我覺得我最後一定會找到。」

「可能也是啦……但你這樣到處跑來跑去，有時候不會覺得孤單嗎？」

「會啊。」抱著膝望著河面，我停頓了許久。「…但我是覺得或許，自由就是一種孤獨吧。」

「感覺你可能做過很多不為人知的事情哈哈。」

「哈哈，我就是我。」

少年和同鄉旅人在河畔坐到深夜。回旅館的路上如果沒有路燈和酒吧的光肯定伸手不見五指。

醉醺醺的我突然想上廁所。我推開大街上一間酒吧的門，酒吧老闆看著歐元似的看著我，我說我想借用廁所。

「那你得先買一杯飲料才可以。」

店裡的飲料十歐元以上起跳。我沒錢。何況當時我實在急需解手，沒時間買飲料。

於是我小跑步到了隔壁還開著的餐廳，卻依舊得到了一樣的答覆。

不得已，我對身旁的同鄉旅人說稍等我一下，一個人奔到了街邊轉角處的一個看似隱祕、設有圍牆的建物後頭，對著牆撒起尿來。

「$&%＊#@!」

突然間，遠方一道白光朝我這照來，一名義大利女性用義大利語不知道對我吼些什麼。

我想她應該是要我快滾，我趕緊連聲道歉，正當我穿好褲子準備離開時，她朝我衝了過來。

她身上穿著警察制服。

「你必須得跟我來一趟。」

她抓住我的手腕，手中的手電筒直直的照著我的臉龐，使我睜不開眼。

「對不起，我不知道……」

「你被逮捕了。」

原來那棟有圍牆的建築就是威尼斯的警局。

人生中第一次進警局做筆錄就是因為「在警局門口撒尿」這讓人哭笑不得的原因。現在回想只有好笑，然而當時民法上甚至還未成年的我還是頗為驚慌的。

「你是中國來的？」

被白色LED燈照得發白的警局裡，女警察用蹩腳的英文向我問話。

「我是台灣來的。」

我誠實的回答。

「不要說謊！」

惱怒的女警指著我護照上「Republic of China」的字樣。

「這是一本中國的護照，你是中國來的！」

無論我再三解釋也沒有用，女警告訴我我和她以往逮捕的遊客一樣野蠻，把義大利當成自己的地盤。

我再三要求女警至少讓我和外頭等我的朋友打聲招呼，以免她不知道發生了何事。女警眦目欲裂的拒絕了我，並告訴我想要逃跑是不可能的。

「你完了。」

她告訴我。我以為自己接下來大概要被送進看守所關押一晚。但等到最後，她給我開了張五十歐元的罰單，然後就叫我滾了。

「如果你不繳錢的話，你休想離開這個國家。」

她警告我。

「聽我說。」離去之前，我終於對她說。「我會去繳錢，不用擔心。但我想說的是，我很抱歉。」
「抱歉沒有用。」她回答。「如果你不繳錢的話，你休想離開這個國家！」
我走出了警局，來到圍牆外。
我朋友還在外頭等我。
「你的心情一定變得很糟吧。」
她問我。
「不會啦。」
我回答。
「不過這次的經驗讓我對義大利人改觀了……而且我沒錢繳。」
回去的路上，我對來自同鄉的她說。
「看吧，本來是很完美的夜晚的。」
她可惜的說。
回到旅館後，我們盥洗後躺在各自的床上聊天。男女合宿的背包客旅館當時正值淡季，本應住四人的房間裡當天晚上只有我和她。

我們天南地北的聊，聊過往旅行碰見的人，也聊明後天的計畫。

「你要睡了嗎？」

一陣沉默之後，她問我。

「對呀。」

我回答。

然後我們各自睡去。

隔天她搭上駛往羅馬的火車。我送她到火車站，和她約了回鄉再見。之後自然再也沒見，此時連名字也忘了，卻記得她問我話時的口吻。

同一天大老遠從義大利中部搭火車來找我的義大利朋友的名字是K。我和K在愛丁堡的青年旅館認識。當時她正進行校外教學，而我則照慣例孤身一人背包旅行；她在同學們的矚目下向我搭話，我們在旅館大廳的沙發上聊了一晚莎士比亞，隔天吃完早餐後便分別了。

分別之後，我在愛丁堡冷清的街上獨自走著。不經意間，我遠遠看見遠方車站前有一群學生正準備進站，人群之中她輕棕色的長髮很是顯眼。

「K！」

我以現在遺失已久的勇氣飛奔過了馬路，並且叫住了她。

「妳要回義大利了嗎？」

「對呀，要去機場了。」

然後我們擁抱。引來她同學的竊竊私語。

「我在義大利等你。」

我已忘了她當時說這話的神情，但她說這話的聲音，現在依然深刻在我腦海的深處。

幾年後，在威尼斯的火車站再見到她時，我發現她長高了，酷兒打扮，頭髮也剪短了，成為了一個俐落的法律系學生。

「你以後想當律師，還是檢察官？」

行走在炎熱的街道上汗如雨下的遊客間，我問她。

「不知道，要看考試結果，不過我比較想當律師。」

我們聊起了莎士比亞，她對莎士比亞筆下被貶抑的女性有了新的看法，而我也不再喜歡附庸風雅，察覺了舞台存在的我們都不能再演下去。

沒有來過義大利的莎士比亞，寫出了以義大利為舞台的世界名劇《羅密歐與茱麗葉》。羅密歐與茱麗葉都是無比浪漫的人，卻只存在於老頭莎士比亞的想像裡，而不存在於此處——

就像大街上的義大利美食，專騙相信美好童話的小孩。

我們從上午聊到了下午，從過去走到了現在。我們在大街上一間餐廳一起吃了墨魚spaghetti，然後走回火車站。

走回火車站的路上，海水漲潮了，淹得威尼斯一片狼籍，大街上的眾人紛紛走避，以免弄濕了腳踝。

「謝謝你來。」

「不客氣。」

慶幸的是，我和K也是浪漫的人，而我們曾經一起在那裡存在過。之後她坐上了回家的火車，而我則繼續等待開往佛羅倫斯的夜班火車。

在車站的板凳上一人等待南下的火車，一直等到薄暮降臨。那樣蒼涼卻又充滿未知希望的車站在我眼前浮現，在地圖上移動的距離會影響人對時間流逝的感覺，從威尼斯到佛羅倫斯的那班夜班火車上，我覺得自己像是過了一輩子。

獨自旅行使人短時間內經歷變幻，時間當下好像飛逝，但之後再回想起卻覺得彷彿是上輩子的事。在動靜、分離、未知與已知之間頻繁的交會中，年少的我想到了生命如何易逝。

我喜歡佛羅倫斯勝過威尼斯，乃因為佛羅倫斯不僅是座觀光城市，也是許多人生活的地方。我下榻在一間戰地醫院似的二十二人旅館房間，卻感到很自在。在佛羅倫斯的菜市場裡我可以像當地人一樣買菜做菜，即使不能以語言傳達訊息，慢慢的比手畫腳，最終也能了解彼此的意思。

儘管這樣，我還是不滿足。於是我搭上了往托斯卡尼方向的火車，火車一路駛進了義大利的深處，直到我覺得找到了應該沒人認識我的一座村落，才停下。

我來到了一座沒人會說英文的小鎮上。

在那裡，時間彷彿也不會說英文了。我忘卻了手錶上秒針行走的意義，整天騎著和當地旅館借來的腳踏車在托斯卡尼山野間行走。

我和旅館裡一對和我同年的德國背包客情侶很快的熟識。我們是唯一說英文的異鄉人。我們時常一同騎腳踏車上山，在明亮且翠綠的山丘上野餐，然後再汗流浹背的騎下山。

夜幕籠罩遠方的丘巒時，我們便在後院的星空下聊天，一起共進晚餐。我可以毫不心虛的說，我走遍了半個世界，而托斯卡尼的那座小鎮擁有這半個世上最多星星的星空。

離別的前一天晚上，L和我下廚做了義大利燉飯，我們坐在托斯卡尼的暮色裡，和月亮一起，夜深了，我們便坐在托斯卡尼的星空下。

木籬笆外一道身影經過，一雙小女孩的眼睛透過籬笆間隙朝我們窺視，是當地村民。我們對視，然後笑了，L用無聲的唇語偷偷告訴我：「She's so cute!」

當我問L為什麼天氣這麼熱還要穿這麼多時，她說因為晚上蚊子很多，L的男友M上樓拿出房間裡的蚊香，折斷並分給我一截，然後就回房了。

L問我明天什麼時候走，我說大概早上十點。她說那時她已起床，在外頭的旅館她睡不太著，在家裡卻可以。
夜更深時，L站起身來親了我的兩邊臉頰，然後便上樓了。當我朝她靠近時，只是想握她的手而已。
隔天我起了個大早，騎著腳踏車便往我們慣常去的山坡上騎去。我特地繞了遠路，想藉此見見如果不見或許就一生不會見到的風景。
汗流浹背的騎，我來到了道路的盡頭，一棵不知何時倒下的樹木擋住了前方上山的道路。我下了腳踏車，發現樹木之後全是石級，沒有腳踏車能通行的道路。
「這條路可以到山頂嗎？」
正當我不知如何是好時，一名少女突然在山坡不遠處的小屋出現。我對她大喊，然後招手。
「No!」
她朝我走來，對我說。
「我可以把腳踏車留在這，然後走路上山嗎？」
「Wait!」

她對我說，然後又走回了小屋。

再出現時，她胸前抱著一堆要洗的衣服。

「No English.」

她對我說，然後指向山坡處的右方。

那裡並沒有路。我困惑的望著她，她也困惑的回望我。

她的捲髮好似浪潮，好奇在她那雙驚人透澈的藍眼裡映出了一點並不深刻的迷惘。美得令人窒息。

小屋裡傳來母親呼喚她的聲音。彷彿在問她：妳在和誰說話呢？

只是個陌生人罷了。她高聲回答，我猜。

我想到了辦法，我把腳踏車鎖拿給她看，並且指著她的家。

「我可以把腳踏車鎖在這，然後走路上山嗎？」

我又問了一遍，她懂了。

「No.」

她搖搖頭。

托斯卡尼

「那不好意思打擾妳了，Grazie!」

我用義大利語向她道謝，然後轉身，牽著腳踏車下山。

走了幾步，我回頭，抱著待洗衣物的藍眼的義大利少女依然站在原地，望著我。

「妳叫什麼名字？」

我用英文問她。不知道她聽懂了沒。

「Simone.」

她回答我，不知道Simone是否便是她的名字，還是在義大利語有什麼其他的意思。

小屋裡遠遠的傳來了叫她的聲音，她又高聲的回覆了些什麼。

「Nero.」

我說了自己的名字，指著自己。稚嫩的她以為我在叫她過來，於是又朝我走來。

「Simone!」

屋裡傳來叫她的聲音。

「再見！」

她對我說，然後轉頭跑掉了。

「再見！」

在那托斯卡尼由樹構成的隧道深處，曾經有過這樣的記憶。如陽光穿梭樹葉的間隙，在心底如此明亮，如此陰缺，像那年那日掛在心弦之上的星空，在夏風吹拂下依舊拉奏綻放著。

一想到這世上還有這樣的記憶，這樣的土地，這樣的人生活著，就覺得或許，還能再傳頌下去。

只要桃花仍在這世上生長凋零，便能再找到人面。

雪中琉璃

一路往北的旅途十分困頓，長途巴士總共停了兩次。一次在紐約州界上的雪鎮阿柏尼，在中停站的飲料販賣機投幣買了杯熱榛果，排隊上車時和我前頭的大學生攀談了起來。

另一次在加拿大海關。我很順利的過了海關，然而，再次上車後便無法入眠了。依稀記得距離蒙特婁剩下一小時車程左右，顛簸車窗上的景色漸漸變成原野：黑暗中的原野，清晨的原野。

遠在天邊的另一座公路上依舊有盞燈火亮著，睡意矇矓間我起先以為那是盞路燈，定睛一看才發現那是車燈。

是一列暮色清晨中獨自行駛的火車的燈號。往相反方向逝去。

忍不住往天空望去，接近極北的天空大得令人嘆息。折服於其蒼茫與雪白，年輕的我不禁好奇：這樣的清晨能孕育出怎樣的人。

清晨五點左右抵達蒙特婁，首先映入眼簾的是巴士站自動玻璃門後的大片雪。雪的白被天色染成鈷藍，宛如黑夜中的海。旅客吵雜的話聲把光線蒼白的巴士站炒得鼎沸。我和在中停站認識的大學生一同走出巴士站，步入魁北克的清晨。

大學生是蒙特婁本地人，剛結束在紐約的考試並準備回家。一年以前曾作為交換學生交換到首爾一年，他告訴我自己非常喜歡韓國文化，之後也打算申請韓國研究所。

「你的旅館在哪？」（So, where is your hotel?）

他問我。我從口袋掏出那張被我折得不像樣、印有旅店地址的白紙遞給他。

「嗯，在市中心附近。」（Well, it's close to the city centre.）

接過白紙，他喃喃自語道。

「我們搭計程車吧。」（Let's take a cab.）

他提議。

我本想走路前往旅館，但他堅持一個亞洲少年在天還沒亮的蒙特婁行走實在太過危險，於是我們在巴士站外招了計程車。

招計程車的時候兩名司機為了搶我們這門生意大吵了一架。大學生告訴我不必驚慌，讓他們自行解決即可。果不其然，兩名司機沒多久便吵出個所以然來。

我們搭上了先來的那名司機的車，我對蒙特婁的第一道記憶於是便從那輛計程車的車窗上開始。

——真是一座紫色的城。這是我對蒙特婁的第一道記憶。車窗上彷彿用了油畫裡星空或藍傘常塗的那種顏料，又或是計程車的車窗本身就是以琉璃融成的，才使這座極北小城在我眼中顯得如此的紫。

計程車在這片紫海中滑行了將近二十分鐘，終於在旅館外停下。

似乎是旅館的建築外觀看起來和一般房屋沒有兩樣，就連招牌也只是一塊插在雪中的小小木板，即使以背包客旅館的標準來看這間旅館也十分簡陋，簡陋到會令在都市長大的人震驚到不願入住的那種程度。

雖在都市長大，但離開家鄉以後，我便未曾在某座都市停留超過半年，這樣的生活幾乎令我遺忘了震驚的感覺。

我的大學生朋友對旅店可疑的外觀十分不放心，堅持要陪我check in後才走，於是我倆都下了車。我想付計程車錢，但他卻搶先付了，著實讓我感受了一把蒙特婁人的熱情。

推開旅館半掩的門，爬上一道樓梯，我們來到二樓空蕩蕩的大廳。櫃檯處一個人也沒有，只有一台螢幕黯淡的桌上型電腦。

我不以為意，畢竟現在才五點，但我的朋友卻十分不放心。

「這間旅館太可疑了⋯還是你先來我家，然後再找其他旅館。」（It's too suspicious. Or maybe you should come to my place first and find some other hostel.）

他向我建議。我看得出來他是真的擔心我。不過我接著向他解釋：背包客旅館常常是由一些流離失所的年輕人開的，畢竟是給放蕩不羈的年輕人住的。很有可能員工只是還在裡頭睡懶覺，看起來這裡也不像賊窟的樣子，我在這等一下就好。

眼見他臉上依舊有不豫之色，我便告訴他如果有問題我一定Line他，我們才依依不捨的道別。

想不到加拿大人也用Line，應該是他在韓國的那段歲月安裝的吧？目送朋友離開，我在大廳一張沙發上躺下，睜著眼睛，等待黎明。

我也沒在擔心強盜還是殺人犯會突然從房間裡頭衝出來拿刀架住我的脖子。畢竟這不是我第一次獨自旅行，我想也不會演變成最後一次。若果真是最後一次了，也就算了。

成功check in、放下行李之後，我很快便與另一群同樣從紐約來的流離失所的大學生認識了。二男二女，其中一名叫蔓蒂的女生是亞裔。

首先和我攀談的便是蔓蒂。在大廳吃早餐時，我們自然而然的聊起了天——或許是亞裔的血液作祟吧。接著便透過她的介紹認識了傑克、湯米、克羅伊。傑克是開朗的猶太人，眼睛小的湯米略顯陰沉，克羅伊有一頭金髮。

和從紐約逃來這座贖罪之城的大學生們相約晚上去酒吧，我決定利用白天的時間去爬山。我可以算是一個半調子的爬山愛好者，儘管我不會為了征服一座名山而特別去爬，但只要在旅途中遠遠的望見一座看似幽靜的山，甚至只是看地圖時在角落處發現一座名字帶有「雪」或是「林」的山，便會興起一探究竟的念頭。

我要爬的便是一座帶雪的山。從旅館員工那裡聽說，春雪覆蓋的山丘之上有很美的夕陽，而且上山並不難。

會來蒙特婁城，或多或少也是出於這種冒險心情。當我在加拿大廣闊的Google地圖邊緣瞥見「Montréal」這一法語單詞，心便已在沒知會我的情況下決定了春假旅行的目的地。

本來想照女員工說的搭公車到半山腰後再照遊客路線步行，然而，法語寫成的路線地名超乎想像的難記。為了找到正確的道路，我向超過十個路人問路，搭了超過五班公車。被我問到的人都很和善的對待我，使我彷彿有那麼一點感動。

儘管如此，我依舊迷失，沒能搭公車到半山腰，我最後決定從山底開始用走的。

從記憶來看，那是錯誤的決定。

你無法想像我爬上山的過程。當時攝氏零下十八度，而我腳上穿的是僅有的皮鞋。從無人小徑上山途中我不停想起在蘇格蘭的一座山上幾乎摔死的經歷。在蘇格蘭那一次爬到半山時下起了雨，眾人都下山了，我卻不願意放棄…

一開始還能見到滑雪客的雪道路段算容易，接近懸崖時，本來泥濘的雪硬化，路滑得像是溜冰場，跌跌撞撞的我不停失去駐足的地方，好幾次以為自己已沒有力氣再跨出腳步。快到頂峰時我才找回了有人的道路，接著又必須得爬一座埋在雪裡的梯——我幾乎是用爬的。

獨自走在陡峭的路上時，不安的我知道往下的道路一定只會更加跌跌撞撞。我本來可以退卻，但我的心卻不允許。

總算爬上山頂後，幸運的我在山頂找到了遊客小屋。遊客小屋很幽靜，有爐火，有鋼琴，有人。凝視著爐火，我的心稍微暖了起來，但我的手指和手臂真是凍裂到不聽使喚，即便用熱水沖了很久還是感受不到溫度。

彈了一會兒鋼琴，我接著便下山了，連夕陽都沒看。

隔天清早吃早餐時，傑克告訴我蔓蒂和湯米昨晚從脫衣酒吧回來後便上床了。我當然知道，因為我昨晚睡在大廳的沙發上，並在宿醉乾渴的微明中醒來。背包客們沒有自己的房間，否則就不叫背包客了。這間旅館是男女合宿，一間房間睡八個人，算是滿寬敞的。昨晚我本來睡在湯米的下鋪，到了半夜，房間響起了女人嗚咽的聲音。房裡其他天涯淪落人打鼾的打鼾，睡死的睡死，只有醉酒的我還在清晰的失眠。於是便到沙發上去睡。

我問傑克有什麼問題，傑克告訴我蔓蒂通常都和他睡。然而，傑克特別強調了一點：蔓蒂不是他的女友，蔓蒂另有男友在加州，而傑克和蔓蒂的男友是好朋友。

傑克試著讓我理解：雖然他們的確是為了狂歡才來到蒙特婁這座罪惡之城，身為好友，他畢竟應該替蔓蒂的男友看好蔓蒂。但他昨晚在夜店之後又去了妓院尋找「Happy Ending」（美好結尾），早知道他就應該跟我們一起回來。除了這美式道德原因之外，還有一個重要的理由——傑克是蔓蒂第二個睡過的男人，昨晚後湯米成了第三個。這使得傑克特別難過。

當他向我訴說時，我看得出來他是真的很在意蔓蒂被湯姆睡走這件事。然而這其中的矛盾與執著，令我不禁感嘆男人不管到了哪裡都是一樣。

事件之後，一直到我結束蒙特婁兩周的旅途為止，我都沒有再和旅館裡的其他人來往。

自己不也是個男人嗎？

胸中抱持著這矛盾，我無法克制自己想念我在紐約的戀人。

她是我的戀人，可是我是她的戀人嗎？我無從得知，只能猜測。

某個蒙特婁的下午，一點左右的白色天色下，我沿著雪覆蓋的河獨自徘徊了許久，倦怠卻年輕的心裡彷彿什麼也沒有。

不知不覺我走上一條雪融了一半的火車軌道。

輕快的在軌道上漫步起來，我絲毫不怕火車突然駛來並戲劇性的將我的生命截斷在十九歲。

在就要降雪的城市夜裡獨自等待戀人的孤單悸動，以及一個人在雪中乾渴漫漫前進，燃燒著一顆不確定能否回家的心情，好像雪一樣沾滿了我的胸懷。

在自由與孤獨中不知道行走了多久，我誤打誤撞的來到了一座被廢棄的巨大船工廠。空無一物的貨櫃斜倚在雪地上、敞開著，雪凝的港口畔停泊了一艘電影裡才會出現的那種大渡輪。

不知停了多久？從外觀看來，像是停了永恆。然而，我再仔細觀察，船艙破裂的窗戶和禁止進入的法語標誌，在在的證明了這是一艘廢船，也就代表：它曾承載的記憶很快便會從世上永遠消失。

會被拆解成可利用的材料，還是會沉入雪下的海底呢？

我們在紐約一座雪海中並肩行走一下午的記憶頓時浮現了。

那時候，我們走在長島海灣附近的一條道路上。她剛完成了一場演奏會，而我錯過了她的演奏會，於是我們便一同來到紐約。

當時眼前白茫茫的天空，直讓我聯想起無限廣闊的一張白紙，以及在這張白紙上，我和她們能夠留下什麼樣的痕跡。她們的琴聲，又是否能在這無限廣闊之中傳達出去。

一名男子從我們身旁經過，突然轉頭攔下了她，問她是否能給幾塊美元。

我代她回答沒有。

黑人男子向我大吼道：「我在跟她說話，不干你的事！」（I'm talking to her, not you!）

我下意識的吼道：「跟她說話就是跟我說話。」（Talking to her is talking to me.）

身後的她沒說什麼，男子悻悻然的走了。

然後，我們繼續在雪中漫游。

下意識會這樣想，證明了我對她的佔有慾嗎？

可是我想保護她，即使會被深埋在雪裡。

回憶使我憶起在抵達加拿大海關之前，顛簸不堪的路途曾使我從夢中驚醒。當時長途巴士應已越過國界，我往窗外一望，彷彿再次回到三個月前被雪覆蓋的紐約。

但當時窗外的雪道、木屋與紐約的摩天高樓其實一點都不像。只是從已經雪融的地方再次回到下雪的地方，令我如此心神蕩漾。

天明以前，獨自在旅館放置烤肉架的小陽台上醒酒，冷風如冰塊插進太陽穴的絞痛令我記憶深刻。當時我記起再過不久就是復活節，以及明年、明年的明年、去年…望向雪落在黑暗，不願屈服我祈望會有轉機，醒覺自己也許走入了孤獨。

回頭路上，我在雪地上找到狼的腳印，卻找不到腳印的主人。經過一片薄又滑的冰層時我差點摔跤，踉蹌的我曾瞥見枯樹旁的雪裡有株新生的白芽，之後又連續爬過兩座標有禁止進入的欄杆後才回到了真實世界。

即使我不是它的戀人，它也依舊會是我的戀人。因為我愛她，所以她不愛我，那也沒關係。我願意在心中澆花，即使它真的始終不結果，我也不會介意。

在蒙特婁的最後一天，我本想去溜冰，重溫我國小時每個傍晚四點作為溜冰選手訓練五年的舊夢，但是室外溜冰場關了，因為雪太大了、蓋住了。

於是我一個人走在我慣常走的雪橋邊，看著被雪覆蓋的船隻和港，靜靜的和蒙特婁道別。

深夜，在車站排隊等待長途巴士到來時，我和前面一對從法國來的旅人攀談了起來。

兩名來自法國的女孩在紐約當交換學生，和我一樣來蒙特婁過學校春假。上車之後我們又聊了一會，我提起自己曾多次到法國拜訪朋友，上一次去也只是去年冬天的事。

她們於是告訴我，如果有到巴黎一定要告訴她們。

差不多凌晨三點時，長途巴士在國界處停下。我隨著眾人下車，準備過海關。簡陋的海關小屋前散滿了從巴士上下來的人，我在人群裡找到了發抖的兩名法國女孩。

我們在雪地裡隨意的聊了一會。輪到我們過海關時警官誤以為我們是一起的，於是要我跟她們去同一座窗口，我搖搖頭，讓她們先走。

在小小的窗口前被警官質疑身分後，我總算過了關。

出了關，我撞見其中一名法國女孩坐在出口處，正等待裡頭還被質疑的朋友

Montréal

出來。

我在她身旁坐下。她顯得非常緊張，我安慰她，告訴她自己在愛丁堡機場也曾被海關官員審問超過三十分鐘，她則教我怎麼用法語說「我不喜歡這樣」。

我們的笑容還未能淡去，一名警官便來趕我上車了。我並不是和她們一道的，過了關便不該在雪地裡多作逗留。

上車之前我向雪中的她承諾保證一切都會沒事，還大喊要她信任我。我在車上等了超過十分鐘，接著看見一名警官押著另一名法國女孩上車，讓她拿行李。

還沒反應過來，教我法語的法國女孩也上了車來拿行李，感到十足震驚的我趕緊抓住警官轉身時的機會問她怎麼了。

警官懷疑她們要偷渡，要她們留下。她如此簡短的說明，示意自己也不知道朋友會怎麼樣。

我幫她拿了放在車頂置物櫃的大衣下來，還來不及跟她說些什麼，她就隨著警官消失在車尾夜色處。

巴士的引擎再度啟動兩小時後，我才把頭枕在窗戶邊緣，望著窗外的小鎮燈火，和眼前的黑夜流逝天空，思量著動盪不穩的往事與未來，很想知道：那些雪中琉璃一般的少女們，現在不知道怎麼樣了。

霧之曲

道路旁高處的籬笆裡，彎下腰的農夫好似十分細心的照料稻穗。
若我也能為植物擔心，那該有多好呀。望著他的背，我便想起了妳。
妳曾問我為何風一定要吹，我便要告訴妳：因為那是風呀。
我們活在他人想像出來的世界裡，宛如夢境一樣。
察覺無能為力的人，便也只能借由做夢感受活著。
那樣微小且易逝的夢……不僅在夜裡，也在白日一次次與人的邂逅間。
做一個新的夢嗎？妳問我。
於是乎，我透過停留在窗上的眼神清醒的向妳坦白：我很孤單。

凌晨，我從這樣一個夢中驚醒。03:29 19/07/06。夢醒的失落十分難受，我很想擁抱誰。然而，卻是身邊沉睡的女人使我驚醒。

無論和再親密的人同眠，我都無法放心睡去。比等待天明號角響起的古代將軍還來得容易驚醒，我的宿命便是孤獨睡去。

清醒時我時常想死去，但夢中的我卻總在逃離死亡。或許清醒的我只是想從他人想像出來的現實裡逃脫，而睡夢中的我既已然逃脫，也就害怕再回到現實了。

「上坡時暗得像是走在地獄，下坡時像是要衝進海裡。」

夢中那一幕，是我四年前在西日本海道騎單車時所留下的一道記憶。那時我剛滿二十一。

在廣島搭上火車，我在尾道下車並租了單車。原本打算一路騎到大阪，單車便也不打算還了，因此租車時在表單上簽了個假名。

Oren Huang，我把名字倒過來拼，租借單車的老翁不以為意的相信了。老翁以為青年騎到海道的盡頭便要停下，警告我時候已經不早，今天不可能完成旅途。

我不以為意的牽走了單車，翻身跨上旅途。

山陽道的夕陽不怎麼紅，比我所見過的許多夕陽都還要來得黃。

尾道到四國的海道由大大小小十多座島構成，小島與小島之間便以跨海的橋與公路連接。我並沒有多少長途單車的經歷，也不知曉凡是跨海的橋便會建在高處。這些小島正如同台灣的縮小版，島中央全是山。因此要跨越這些小島，便必須上山再下山，上山再下山。

我挑了較遠較長的道路，於是便有七座島要跨越。才騎到第三座島，太陽便下山了。山崖另一頭橋的昏黃路燈在黑夜中縮成一個個小圓點，我並不在意，只是拚命的往前騎。

還在第一座島上時曾經見到與我反方向、正要結束旅途的單車客，之後的路騎單車的便只剩下我一個。大橋公路上貨櫃車和卡車從我身旁呼嘯而過，白亮的車燈將我的身影無數次的釘在單車前的地上，然後又讓它消失。

山野瀰漫了死氣，日落之時，日間的靈氣化為死氣。這些小島很鄉下，一旦遠離人類所建的公路與村落，山中所能見的便只有眼前車燈照亮的一尺道路。

應該是在大三島上，差不多晚上十點的時候。我在下坡衝刺時緊急剎車，整個人差點跌進黑暗裡。因濃密的竹林邊跳出了一隻小山豬。我和他對望了一會兒，小豬豬晶亮的雙眼在黑夜裡閃爍。

我向他打了聲無聲的招呼，然後便從他面前騎過。

光僅能照亮竹林的底部，山路彎曲之後是短直的道路，偶然有一盞發著白光的路燈從眼前飛逝，接著又是彎曲。高聳的竹松林旦在頂端留下一小片天空，竹葉如雨如潮的細語朝我掃來，緊盯眼前的黑暗流逝，彷彿已不在人間。

也不知道第幾次上坡時，疲憊的我終於下了車、牽著車繼續往前行走。

走過小山坳，走下羊腸小徑，竹林外山崖下現代村落電燈亮起，我想起海面上急促閃爍的舷燈。不知又有誰家的大人在看電視，誰家的小孩在念書。

抬頭一望，黑夜一片依舊蒼茫，這裡只剩下我和單車。風吹過我和竹林，而我，行走在死裡。

終於到大島時已將近半夜，小腿痲痺的我便也只好停下。

我牽著單車下了堤防，來到沙灘上，便想如同在歐洲旅途間一樣睡在沙灘上。

然而，剛睡下沒多久，我又想起自己還沒刷牙。從背包中找出了牙刷，夏天的海風與浪潮聲不停傳來，朦朧之間，我才發現海水竟已漲到了身前不遠處。

原來已不在地中海了呀。

牽著單車逃回了村落，在靜寂的街道上尋找歇息處。找到了一座小廟宇，在廟宇外面對神像的石板凳上躺下，卻冷到睡不著，又爬起身來行走下去。

最後我找到了門沒關上的駕駛休息站，在三張黃色塑料椅拼成的床上小睡了一會。凌晨時我驚醒，一名進來休息站上廁所的貨車司機被從夢中突然坐起的我嚇得半死。

大概以為這是哪遊蕩來的孤魂野鬼呢。

清晨五點，又有一名司機被驚醒的我嚇到，於是我再也不好意思躺下了。坐起身，淺淺的靠著椅背，透過身側一扇有點霧的窗戶，我看見日出。

遍佈天空的水藍色雲朵真的非常美麗，很像魚的鱗，應該是地球科學課上學過的那種卷積雲吧？我牽著單車出了休息站，再度跨上微雨中南海與山陽交會境界上的旅途。

我生在東方，相信人的命運命中注定，但我往西以後，又或是更早之前——我便開始相信命運能夠被改變。

我在海道盡頭還車處還了單車。看著老闆牽走單車，突然想起偷車的初衷，我不禁笑了。

我希望它能繼續下去。

「妳相信命運嗎？」

「不相信，你相信嗎？」

「有時候相信，有時候不相信。」

「你什麼意思？」

「我相信命運，但我也相信我能夠打破命運。」

「你的意思是改變命運嗎？」

「對。」

「所以你不相信命運。」

「我相信呀。」

「但是宿命就是指不能改變的事物。你不能又相信命運，又相信能改變它。那就像把蘋果改造成香蕉，還把它叫作蘋果一樣。」

「那，」我對她比出兩隻手。「一半香蕉，一半蘋果——香蕉蘋果，怎麼樣？」

「那就是不一樣的新品種啦。」

「我想我應該是相信有些人一輩子都會被命運束縛，但又覺得自己能夠改變自己的命運吧。」

在濱臨廣島灣的宮島口旅館裡，我曾和一名來自奧地利的女孩有過以上的對話。

那晚睡去以前雨聲如潮，令我感到莫名恐懼。唏哩唏哩，遠山、近海、岬、空、港，全化為青色的。可是，沒有人強迫我獨自冒險，而如果沒有孤單的束縛，所有捏塑出的創作都將不復存在。到底孤獨尋找我，還是我尋找孤獨。她告訴我她喜歡我發blue音的方法，所以青色的思緒在我深色的眼裡變藍，融化在白色的腦海裡，飄浮流逝著。

自己曾和一位懂英語的日本朋友討論過日語對應「Ephemeral」的單詞應是什麼，彼時上網查了「Ephemeral」意思的她回答或許是「果無い」（沒有結果）吧，此刻「果てし無い」（沒有終點）在心上浮現了。

次日，我搭上了往宮島的渡輪。渡輪上望著黑夜的海面微微湧動。心想如果當時她也在這就好了，於是我的心裡浮現了一篇小說的雛形。

白日間的宮島神社與市中心充斥了想摸鳥居及餵鹿的遊客，使我無心多做逗留。目擊某名觀光客後口袋的車票被島上到處都是的成鹿叼走，我不禁莞爾。

宮島的鹿並不怕人，傳說島上的鹿是神靈的使者，現在倒成了觀光風景。我是站在人這邊的，卻也擔心那隻鹿會否吃壞肚子。

追著鹿，我循著上山的道路，一路往島中央的山裡頭走去。

母鹿引著我到了山中深處，在一塊小岩石邊停下來吃草。在她身後不遠處的松林邊停歇了一大群鹿，有許多小鹿，牠們骨溜溜的黑眼珠一口氣全朝我這望來。

我感到一陣溫馨：原來不見的都在這兒。

往與松林相反的某個方向固執的走了好一會兒，終於找回島上的公路。接著沿公路行走，來到島南處一座無人的沙灘。

在樹林隱蔽處換上了背包裡的泳褲，我下海游泳。五月的海水依舊很冰冷，水性甚佳的我也有點難受。

宮島

吸氣、閉氣、吸氣、閉氣，泥沙使我的眼睛刺痛，卻也帶來了生存之喜悅。在海裡游了一圈，上岸時我見到沙灘上多了一名躺著曬日光浴的白人婦女，以及兩名在一旁跑來跑去的小孩。

我遠遠的聽見他們以法語不知說些什麼。婦人敏銳的起身，朝我上岸的地方望來，我朝他們揮了揮手，然後掉頭走了。

接近傍晚的時候，風乾了我的頭髮，宮島霧濃了起來。我坐在遠離神社，卻能望見神社的一處堤岸上等待夕陽。潮的聲音還有味道讓我想起無數往事，前天的這個時候，我們正漫步在廣島某座寺廟的後山。那時我們找到了古時僧侶思過的山洞。山洞裡什麼光也沒有。

人生中的昨天、今天、明天……一片黑色中我真想像鳥一樣飛翔，像風一樣吹。我能像魚一樣游泳，在雨中獨自行走，卻不能飛。如果能飛的話，我一定飛到我不再創作的日子。

下島之後，我便往尾道騎單車去了。

在因島還是第三座島上時，我曾瞥見路旁高處的籬笆裡有名農夫為了稻苗正在耕耘除草。

去宮島前，我在京都停了一個月。

那一個月可說是二十年生命中最多夢境的一個月。

某日，我花了一整天沿著鴨江行走，並找尋本能寺的蹤影。不知情的我來到了地圖上標示的寺廟所在，以為信長曾經在那舞過幸若並自盡，接著才從知事處得知那是新建的本能寺，原來的本能寺在另一頭。

錯蹤複雜的市中心找了半小時，我來到本能寺真正的遺址，卻沒看到任何寺的蹤影。想當然爾，真正的寺早已被明智光秀燒成灰燼。

沿著一座高中網球場的護欄繞了一圈，我找到了一塊「本能寺養老院」的招牌，接著又找到一條「本能小道」。

行走到了本能小道的盡頭，我來到一棟現代水泥建築陰暗的中庭。往一扇玻璃窗望去，我看見窗裡一群身著盔甲的學生正以木劍相持。

在倫敦上學時我學習劍道。

為了活在自己創造出來的夢境，我盡了全力的去打破他人的想像。

我在一群熱愛著他人想像出來的流行日本文化的英國學徒間生活。然而我學劍並不是因為我想相信某種信條或教義並將其轉化為活下去的支架。

我喜歡在後院空揮，勝過在道場裡對練。夜空下揮劍往往能洗清我心中的邪念——不是愛慾，而是斬斷自己對過去與未來的想像。

在中庭標有家屬等候區的座位坐下，我聽見學生的吶喊聲，猜想自己闖進了某間高中的劍道道場。坐了一會，我站起身來再次透過玻璃往裡頭窺視。一邊望，一邊調整角度，想要一窺全貌。

每一扇窗上各自有一對學生在交手。他們前進、交會，後退、交會，分開、然後彼此敬禮，接著和下一個人交手。

悄然我來到道場敞開的正門，把身軀靠在外頭一座石牆上，觀察裡頭的情景。一名正在練習交手的男學生頓時察覺了我，結束回合朝我的方向走來，在道場門口停步向我敬禮。

我回敬。接著他的對手也出現在門口，也對我敬禮。

我再度回禮。身軀不再靠牆上，更靠近了入口一點。

忽然一名女學生出現在門口，對我敬禮，我點頭回禮。

抬起頭來看她時，她再次為我鞠了個45°的躬。從深藍色面罩的縫隙我可以看見她的眼睛，宛如風吹。

當天晚上，睡在青年旅館草席上的我夢見了自己在一面鏡子前獨自佇立，接著發現自己瀏海蓋住的眼睛竟是白色的。我只輕碰了那兒一下，老人的眼便融化了。

血漿噴出，我壓住傷口，請旅館裡的人叫救護車，救護車來時已經快死了。

護士幫躺在擔架上的我縫上眼睛，隨即發現我的眼睛是縫過的，上一次的手術非常高明才讓我活到現在。

她們承諾我一切會沒事，我卻從她們的低語中得知第二處併發是沒救的。

她們要我平時不要運動，也不要太常離開家，我回答不行。

我和旅館裡的某名女孩有個約會，我沒去赴約，我們卻一同回到了我高中的教室。發現真相的老師在講台上掩面哭泣。老師的丈夫被敵國的我以戰爭當作理由淹死多年，我問她：

「如果我們是正常的，就像其它人一樣，那我們會不會更合適彼此？」

「會。」

「那我們就正常吧。」

來到了旅館附設的老舊澡堂洗把臉，京都的夜從高處透氣的窗戶進來。

驚醒之後，年紀尚輕的我終於開始漸漸醒來：義無反顧的揮下正義之劍的時代已然夢醒了。

且，我卻依舊想以有限的生命，去感受他人有限的生命。

不願在幻化夢中活著的人既不正確，也不邪惡——為了真實的夢，要有舉劍不揮劍的勇氣。

窗上的雨水洗淨了二十歲不穩的心。

人為什麼要分離呢？又為什麼會自殺呢？妳問孑然一身的我。那就像風要吹動一樣呀。我想如此作答。

執著於生的人，最終便會想死，追求安穩的人，最終必會失去安穩，期盼自由之人，亦會失去自由。這便是人。

人與人之間的聯繫越是緊密，越容易導致死亡。

因為人有心，便會想要獨活。

我們都活在某個執著的人捏塑出來的世界裡，某個早已死去的老人的承諾裡。宛如那雙囚在門後的雙眼。

正是因為消散察覺了這死人之夢，所以想要活著，想要醒來。

那就像風一定要吹動，若是不吹動，便沒有風了。

以命運為燃料的黑色雙眼在窗上熾烈燃燒著，燃盡時，還有風嗎？

野性之華

「走在街上，可以從一雙雙眼裡讀出三種不同的神情：堅信某種價值觀，並以該種理念為憑依過活的神情、多種理念在腦海裡程度不一的矛盾，或許能夠並存，或許即將洩露崩毀的神情、以及因為新的際遇而在本來一目瞭然的心裡植下陌生的種子，從而在眼神裡開出了一小朵困惑之花的神情。

第一種人最多，運氣好的話金錢無虞，那他們的人生便很快樂，還有餘裕去向人宣揚自身相信的信條。第二種人或許成功透過隱瞞而成為某種領導社會的人物，要不就是過於誠實而陷於痛苦的深淵。

偶然在人影之間目睹最後一種眼神，總能使他心中的蝴蝶悄然起舞。他好奇：那朵花會綻放，還是會凋零成心智成熟？

那天晚上，那名身穿女僕裝站在歌舞伎町小巷裡的女孩看他的眼神，他恐怕忘不了。

他一生中去過兩次妓院，但沒有和妓院任何一名女子同床共眠。

德國那次去的是漢堡鋪滿雪的紅燈區，日本則是在東京的夏日裡去的歌舞伎町。

漢堡妓院裡的燈光很暗，又很亮。紅燈區的燈光真是紅的——是那種桃花的紅。他從一扇又一扇房門前經過，有的門口站了個女人，有的則房門緊閉。

「You want me?」

倚在半掩門旁的女郎們用英語向他招攬生意。

「How much?」

他隨口問了個金色捲髮的女人。

「150 Euros.」

她隨口答道。

「100 Euros!」

見他頭也不回的往前，她在背後向他喊道。他沒有回頭，只希望她不要以為是因為他沒錢或她身材不夠好。

嚮往無法得到的愛情——這樣的心理其實和嫖妓異曲同工。一旦得到了便也不稀奇了。衡量情感的價值，從而在愛情中欲擒故縱的人，在他看來和此刻他與妓女之間的關係類似。

堅定的想要愛人卻厭惡錢和豐胸翹臀的他走出妓院，回到了寒冷的漢堡街上，卻也不知該往何處去。

紅燈區附近的街道頗為骯髒，即使下了雪也掩埋不了。人類怎麼總能製造這麼多垃圾呢？他並不是環保的人，卻也不禁嫌惡。他並不覺得擔憂地球三十年後的命運有什麼太大的用處，人類總在現在規畫未來並試著把眾人帶往好的地方，而這正是導致地球毀滅的元凶。

穿過雪融化而成的水窪和明亮卻骯髒的地下道，他回到了青年旅館。他住的旅館位於住宅區，十分安靜，卻也靜寂。

來到漢堡之前他在科隆渡過去年。跨年夜一早醒來，旅館員工的閒聊間，他得知昨晚離旅館不遠的科隆大教堂前發生了大規模的性侵事件：整整一千兩百名女子受害。

再度錯失了機會，罪惡淹沒了他的心。

不想睡去，他來到旅館附設的酒吧，向女酒保點了杯琴酒。

在過去二天慣常坐的位置上，首次和女酒保聊起了天。

「Where are you from...Hamburg?」（妳是哪裡人？漢堡人嗎？）

「No, but I have been living in Hamburg.」（不是，但我在這住很久了。）

褐髮的女酒保輕快的回答。她看起來年紀頗輕，身上有一股運動健將的活力。

「學生嗎？」

「嗯。」

「工讀生？」

「我是做全職的，白天上課，晚上工作。」

「妳讀什麼呀？」

他總是愛問這個問題。

「我讀職業學校，明年想考大學。」

「妳成年了吧？」

「當然了，我二十一了。我已經在這做三年了，希望不會有第四年。」

「那妳上了大學想讀什麼？」

儘管，他已厭倦了虛幻之花。

「經濟吧，我也不知道。」

「妳想做生意嗎？」

「我想坐在辦公室裡，有自己的辦公桌。早上九點上班，下午五點下班的工作。」

他看得出來認真的她並不是在開玩笑。這種從台灣年輕人嘴裡不會好意思明白說出的話，對於德國人來說卻沒什麼。

這是動蕩且孤獨的時代，東方人卻依舊背負找到解答的命運，西方人則沒有他人的使命，因此可以去追尋自己的花。可是到頭來，卻依舊得跨越一道又一道階梯才能到達想去的地方。

人為什麼總要劃出如此多的階梯與界線呢？

望向窗外，窗外-5℃的街因為夜深而更冷了。

大概-3℃吧。我猜。

小麥色皮膚的酒吧女侍調酒調得頗不稱職，我嚐了一口便知，不知不覺玻璃杯卻也空了。

我認識的德國人都十分理性，卻和流浪的我合得來，可能是因為我們都正視這時代由錢鋪成的階梯的存在，也或許是因為我想要藉由安穩的假象調劑一下身心。在大學的網球課上我認識了唯一一個大學畢業後還曾見過面的朋友便是德國人。

那時候我在倫敦從事的攝影工作已有起色，天天忙於交際。收到她訊息的那個禮拜我正在利物浦出差，為聯合國與中英合辦的世界城市論壇擔任中方攝影師，並沒有馬上回覆訊息，一直拖到禮拜二才回覆。

她問我在不在倫敦的原因是因為她來倫敦出差，想見一面。

我們在大二的網球課上認識，那是很基本的網球課，一個禮拜上課一次。我們才剛剛通曉發球，一學期便已過去，而我的網球生涯也就停在了發球。

我們在市中心碰面，給了彼此擁抱。

「我們有多久沒見了？」

「我們2015的時候認識，所以已經三年了！」

她這一說，我才驚覺，還未眨眼，三年已過去了。

因為我遲來的答案，她吃完飯就要直奔機場了。身後拖著一只行李箱，我問她是否要幫她提，她如我瞭解的婉拒了。

即使知道會被回絕，也要提問。這是我和她分別後才能領悟的道理。這並非終歸惘然的打擾，而是給予對方自由。那份「即使知道」不過是自己心中的情願，這世上沒有一個人可以完全知道另一個人。

我們在一間倫敦式的日式料亭用餐。料亭裡兼賣拉麵，於是她點了拉麵，我便也跟著點了拉麵。

透過她熟悉的聲線我得知：她目前在一間電子商貿公司上班，來倫敦是為了出差。

「I am married to the job.」

她笑笑的告訴我。那份沒過濾鏡的笑裡，一份原料是驕傲，一份是苦，一份是自我安慰。而她也知道我會品出這份自我安慰，因此並不介意向我揭露。

作為一個商務中間人，她可以從每一件成交的案件裡抽成。她告訴我。最近有一件大案子，是某間美國公司要向他們公司購買飛彈用的導航器。

「戰爭的確很糟……但即使我們不賣，別間公司也會賣。」

她對我說，尋求我的心意。

「但我們絕不想要在2020年代爆發一場第三次世界大戰吧。」

我回答。她戴著眼鏡，以前她從未戴過眼鏡。以前的她是否隨時戴著隱形眼鏡呢？三年來妳近視了？

「唉……你不覺得最近很多事變化得越來越快嗎？我最近感覺越來越少事情是真的。」

從妳的眼睛裡，我看見了自己。三年來倔強的我幾乎沒變，一直相信在那被迫的選擇與選擇之間，可以找到在這世界自由的活著的方法。

拉麵的水蒸氣霧了妳的眼鏡，妳拿下擦拭，而我又見到了傍晚六點網球場上低舉球拍、專注、準備接發球的她。

「這下子好多了。」

她說，戴上了眼鏡，又能看清我了。

吃完拉麵，我們一同繞遠路走到市中心的地鐵站。她讓我提她的行李，沒有在最近的地鐵站停下，因為我們話還沒說完。

離別時，她靠近了我，我把臉頰靠近了她的臉頰，卻因為她的擁抱而只親了單邊。

拿下眼鏡的她翠綠色的眼裡有一種東西還未消蛻，卻也或許不會羽化。除了網球與射箭，我們還曾一同修了藝術鑑賞課。當老師的PowerPoint切到那幅畫上時，我的眼裡頓時映現了整個學期最喜歡的畫。那是一幅沒有眼神，只有背影的畫。

「wanderer above the sea of fog」是浪漫主義啟蒙者卡斯帕的作品，他也是德國人。到美術館校外郊遊時，我的眼神總覓著她披著金髮的背影和卡斯帕的作品。

她離開倫敦後，我繼續探索藝術的世界，從此我心中多了一幅又一幅水、油、彩、墨、玻璃切割的碎片與雕塑粉碎之後的粉。這些畫在畫家死了之後才變得值錢並不是偶然，而是因為眾人只喜歡買死人的畫。

死人不會說話，也花不了錢。買的是他悲慘的命運，而不是他。眾人的眼神使得他的畫悲哀了起來，花在龜裂的畫中如此盛開，卻在眼裡如此垂萎著。

然而，即使全世界的財富和二十幅 wanderer above the sea of fog 加起來，也買不起我眼中的她眼中的花。

在現代西方，innocent 變為帶有諷刺或自嘲的一種形容，但在東方，當個善良的人卻是進到學校的第一課。

現代東方人以說話直為美德。我們追求眾人眼中虛偽的誠實之美，卻不見淤泥之蓮的美。

執迷於偶然美麗花朵，卻不見鏡中自己醜陋，亦不見真實……要讓花朵綻放，醜陋的過程是自然的。因此，這股困惑也是美的一部份。

在夏之賦裡，我曾揮筆寫下自己在威尼斯的荒唐往事，卻省略了威尼斯在心中刻下深刻痕跡的部分：在某條小巷子裡啃著生火腿三明治時，我曾見到不遠處一名坐在洋傘下的義大利女孩把靠近她的鴿子一腳踢飛。

義大利之後，我沿著海跨越國界來到了法國南岸。沒有預訂旅館，我睡在尼斯的海灘上。一名惘然的法國男子向我搭訕，問我要不要去他家，我回絕了。夜深時，無數的法國少年少女抱持著不同的原因依舊逗留在岩灘上。我見到了這樣一幅景象：某個法國少女朝月亮及隔岸燈火擲出了一塊從萬千石礫中隨意撿起的石塊。石塊飛得不遠，很快的墜下，原本比天空還深的墨藍海面被打破了，「咕嚕」的一聲綻開了一朵小小水花。

在同一座海灘上，我和在托斯卡尼認識的一對德國情侶意外重逢。我們因為如此偶然驚喜的互擁，然後一起下海游泳。在海中，L和我面無表情的一起游著，M抱著膝，在岸上坐著觀看。

因為浪濕了的披在她眼睛上的髮絲好似水草，而她的眼開在那淤泥之下，正如同我恐怕忘不了的那眼神。

在東京歌舞伎町深處的某條小巷轉角的一鋪店面前，大學生的我曾見過一次我至死難忘的眼神。

越接近町深處，有所求的人越多。一名黑人伸手攔下我，要我爬上一旁小巷裡的樓梯到他的俱樂部裡玩玩，我漠然的裝作聽不懂拒絕了。

即將過馬路時，回頭的我望見一名不知所措的女學生被同一名黑人攔下，便停下腳步，靜靜的候她脫身。

等到女學生終於能夠回絕並踉蹌的來到我身旁等紅燈時，我轉過頭來問她是否沒事。

陌生的眼神投向我，女學生以為我又是一個想拉她去俱樂部工作或搭訕的人，眼眸裡困惑的漣漪頓時收斂，凋成一種畏怯與已知的眼神。

她低下頭，快步過了綠燈亮起的斑馬線。

我目送她走了一段路，在一條幽暗、看不到天空的小巷前和她分頭。走進小巷，我以為沒有路了，一轉頭，又是一片光明。

人類林立的招牌明亮中遍開了植於夢想之上的透明花朵，被多少雙皮鞋踩過也不為所動。我踏著淺淺的步伐跨過一道又一道笑聲與未乾的泥沙，宛如步行在小時候去過的一座庭園裡。

比想像還寫實的山與水使我睜大了未知的雙眼，彷彿第一次在動物園見到本來徘徊在雪花深埋之地的白熊。

雕刻捏塑出來的偶然間，困惑目光翩翩的橫越了小溪，停留在水盡處一朵真的花上。

那朵花插在她又圓又薄的眸子裡，彷彿將死，彷彿盛開的眼神。主人是一名穿著女僕裝的少女。

小巷轉角店鋪前，她望向我之後，我望向她。我從她的眼神看見了呼吸的渴望，那粒陌生的種子在短短片刻之間綻裂，吸盡了她面部及靈魂附近所有的氧氣，彷彿請求些什麼，又像在對抗些什麼。

她想遠遠的逃離。

然後我把目光撇開，那朵不知名的花就此枯了。

枯花在我的心上割出了深刻的傷痕，我無能為力。心慌意亂的我不假思索的走到了小巷盡頭，轉進了街角處的一間夜店。

那是間很奇特的夜店，比倫敦的夜店小得多。入口階梯非常狹隘，一次幾乎只能進出一個人。爬了幾十級，我來到了一扇半掩並透著藍光的門前。

給守門人看過護照，推開門，我的眼前豁然開朗：小小的舞台上藍色的燈光像是某種噴泉噴發，入口附近幾名舉著酒杯正在談話的男女頓時注意到我。我穿過男男女女，到吧檯點了酒。

不需推開一群又一群交纏的肉體，使我的心至少冷卻了些。我靠在吧檯喝酒，望著為數不多的顧客們或舞動，或談話。黑暗光影間人影在我眼裡彷彿蝴蝶與鳥，翩翩起舞。

光影之間，一名少年在朋友們的鼓勵下不懷好意的朝孤身一人的我走來，我能感覺他對我意有所圖。

我不說話時自然而然會流露出一種冷漠且陰柔的氣質，因此有時會被男人誤認為同性戀，使我彎困擾。

少年向我湊過來，我裝出不耐煩的樣子聽聽他要說些什麼。

「彼女リンゴジュースをおごってくんない…」

他對我說，我用英語表示我沒聽清楚。

「She wants apple juice.」

他笑笑的在我耳旁耳語，然後指著不遠處正朝我們這望的一名女孩。

「Ok.」我答道。

「Wait.」

他對我說，然後又走回朋友群身邊，和那名要我買蘋果汁的女生說了些什麼，那名女生想了一下，然後搖了搖頭，於是他又朝我走了回來。

「Sorry, no foreigner.」

他對我說。

「わかった。」

我回答，然後對他們一笑，把酒瓶放回吧檯，轉身離開夜店。

還沒開始便已結束，我心裡很不是滋味，然而那天晚上會孤身去到歌舞伎町其實並不是為了求歡，而是為了寫實一齣劇本的靈感。我以生命寫作，因此厭惡以手去揑塑虛幻之花，即使是將現實轉化為具有幻想本質的故事也是。那齣劇本寫的是一名留學海外的台灣青年與一名來自歐洲的妓女在台北的一連串遭遇。我自己就是留學海外的台灣青年，只差對妓院的理解。

街邊到處有拿著裸女照片招攬生意的皮條客，我隨便和一個面相看似和善的胖子皮條客對上眼，他馬上便以拔山倒樹之勢朝我走來。

「いい女いますよ！」

他對我說，滑動手機上裸女的照片給我瀏覽，我點了點頭。

「兄弟，找樂子？」

他突然用中文對我說。

「你會說中文？」

「當然會！來，這邊請！」

跟著他的腳步，我們來到了某棟公寓的一樓大廳電梯處。從外觀看起來，這棟建築就像尋常陰鬱的現代大樓，也許裡頭還真住了些一般住戶。

皮條客要我稍等，用日語撥了通電話。

「是的，是的，有客人。」

「是外國人——但是是台灣人……可以吧？」

皮條客的臉上露出微笑，我知道我得到允可了。我們走進大樓。

等待電梯來時，我從皮條客口中得知，他是中國來的，名字叫佐藤。

「你在日本定居嗎？」

一下子沒會過意來的我隨口問道。

「對，對。」

佐藤不停點頭。

出了電梯，我們來到一扇玻璃門前。推開玻璃門，一座假山噴泉造景映入眼裡。佐藤向櫃檯處的公關男子打了聲招呼，公關男子朝我打量了一下，然後示意讓一旁的少年公關去叫小姐。

四名打扮新潮卻並不暴露的小姐在門邊一字排開，一齊望著我。我和她們一一眼神交會，怯弱、幼小、成熟，她們想要呈現的形象在她們的眼神裡流動成一道阻絕外人的膜，其中一名擁有著驕傲、厭倦眼神、年紀大約和我相當的女子頗為吸引我，但我從一開始就沒打算打破自己的原則，也不能一晚裝作視而不見，閉上眼享受歡娛，於是我搖了搖頭。

見狀，公關男子不以為意的讓小姐進去，然後開門送我離開。但失望的佐藤一路隨我到了樓下，不停鼓吹我再去下一間。不想再耽擱他的時間，我拒絕了。

「你不能這樣，兄弟。」

「不好意思，今天突然沒有興致。」

「玩玩多好，還有另外一間女孩兒更漂亮……」

「對不起啊，我不想再打擾你做生意了。」

「我今天晚上就做你這一樁生意，兄弟。」

佐藤一路跟隨著我，我們輾轉來到了一處陰暗的小巷時，佐藤臉色一變，一把拉住了我。

我甩開了他。「你幹嘛啊？」

驚訝了一瞬，佐藤馬上又恢復了和善的面孔。「哎呀，兄弟，你這樣我裡外不是人，我們每天都要給老大繳錢，沒做成你這樁生意我回去會被打，你可不能這樣，一起去玩吧？」

「我今天實在不想玩。」我想了一想。「不然我付你一半當作跑腿費吧。」

佐藤並不同意我付一半的提議，堅持要我付全額。我們於是在巷子裡越說越僵。

「不要敬酒不吃吃罰酒兄弟，這條街上都是我們的人馬，你今天不付錢，就走不出這條街。」

我大可付錢了事，但佐藤這麼一說，我討厭被脅逼的倔強脾氣頓時發作。
想起自己不願為虎作倀，我一甩頭便走。
走沒幾步，佐藤從後方抓住了我，我想要反擊，一名男子從轉角衝出來用膝蓋給了我肚子一記重擊——

沒能閃開的我頓時倒地，

不知哪來的三名男子迅速把我拖進了路旁某棟建築裡——

「Help!」

天旋地轉與被圍毆的劇痛之間，我勉強察覺自己是在某個樓梯口——

佐藤正要把門關上，

我死命的掙扎嘶吼，

像是野獸，不願讓他們如願把我拖進地下室……

「你們要錢是不是？你們就是要鈔票對不對！」

——不知多少雙手壓住我……

——胸腔被踩了

——模糊了的眼角處被關上的門

「干啥？」

「喂！」

——突然被某人撞開……

——脊椎與下腹劇痛——

——一群黑人衝進門，

——包圍了我，

——中國人掄起拳頭——

——被黑人架開了。

——被放開了，

我勉強爬起身來。

兩派人馬對峙，

一名看似黑人老大的男子走了進來。

「Tell me what happened.」

過了幾秒，黑人老大朝我問道。佐藤咬牙切齒的瞪著我，但在黑人老大的威壓下似乎不敢輕舉妄動。

我喘了口氣，告訴他我想找點樂子，但沒找到喜歡的女孩，所以打消念頭，於是被圍毆。

「I see.」身形魁梧的黑人老大以教育後輩的口吻對我說。「This is Shinjuku, so don't waste anybody's time. Now, how much money do you have on you?」（這裡是新宿，

所以別浪費任何人的時間。你身上現在有多少現金？）

我把皮包裡的六千日圓拿了出來，黑人老大把六千日圓交給了佐藤，然後向他雙手合十。佐藤瞪了我一眼，這比我原本要付的一半來得少，但在老大人馬包圍下已成定局。

這一切發生得真的很快，我還沒來得及反抗就已渡過了鬼門關。我想應是我被拖進樓梯口前喊的那聲「help」引來了黑人幫派的注意，或許是某種道義感，又或是為了在地盤樹立威望，加上佐藤等人看起來只是小角色，黑人老大決定插手，碰巧救了我這個不知天高地厚的異鄉小子一命。

佐藤和其他中國小弟走人了。

「Now walk with me, so they know you are under my protection.」（現在，陪我在這條街上走一下，這樣所有人就會知道你在我的保護下。）

黑人老大對我說，我點點頭，和黑人老大在歌舞伎町的街頭散起了步。黑人小弟們見沒事了，便各自散去回歸崗位。

「Thank you.」

走了一小段路，我才終於寧定心神，向黑人老大道謝。

「No problem.」黑人老大對我說。

一切那麼不真實，我甚至忘了要害怕，也忘了自己還身處在黑道的地盤上，今晚能不能全身而退都還是個未知數。

「So, where are you from?」

我竟然微笑著問了黑人老大這問題。想著的是：眼前的人救了我，應該找個話題來和他聊天。

「Huh?」黑人老大有點驚訝的望著我。「Me? Nigeria.」

「That's nice.」

我下意識的回答了這句話，幸好我沒有說些什麼會激怒別人的話。

我們在街角某間店發亮的招牌旁站了一會兒，一隊拿著警棍、吹哨的日本警察突然出現在街尾，朝我們這奔來。

神情緊張的警察們沿途趕走了幾個看似小混混的人，卻無視我們的從我們身邊經過，往我們來的方向前進。

「Should I follow the polices and leave?」（我是不是應該跟著警察離開？）

搞不清楚狀況的我天真的問黑人老大。

「No, polices are bad. Just stay with me.」（不，警察很壞，待在我身邊就好。）

黑人老大回答我。

事後回想，那些警察可能是要來救我的。是目睹了我被拖走的普通民眾報了警？不過若是真等到警察找到我，恐怕已經來不及了吧。

警察們當然曉得這裡是黑道的地盤，也默許這樣的存在，會來救我，很有可能是因為我是個嘶吼「help」的外國人，而不只是這條街上的一分子。

「Now you are safe. Leave this street, and never come back. Do you understand?」（現在你安全了。離開這條街，然後永遠都別再回來了，了解嗎？）

警察離去不久，黑人老大告訴我。我向他誠懇的道謝，然後就在他的注視下往歌舞伎町的出口方向前進。

才走一小段路，我就在某個十字路口被黑道打扮的一群日本青少年給攔住了。

「What happened?」（發生了什麼事？）

為首的少年微笑問我。他看起來並不是想向我問罪，而是想幫我。我猜他們目睹了我被中國人拖走，也目睹了黑人幫派救了我的那一幕。是想藉由為我打抱不平來向中國幫派示威或和黑人幫爭地盤，就不得而知了。

「Doesn't matter now.」（此時無關緊要。）

當時我只是很簡單的回了一句，然後便繼續往前走。日本幫讓開了路，沒有攔我。於是我便往出口前進。

誠實與真實的差別在於，現實是由謊言捏塑的。

回旅館的電車上我抓著把手支撐自己，乘客們被濺在我白襯衫上的紅花嚇得退避三舍。幸運的是，佐藤們偏不往我的臉上招呼，使我至少沒有留下什麼明顯的傷痕。

回到旅館後，我把白襯衫猛力脫下，塞進了垃圾桶。

我的心中充滿了無能的憤怒。

那條街裡還有多少佐藤與老大，這世上還有多少警察、電車乘客與那眼神厭世的女人的存在，誰也無從知曉，唯一正確的是我這樣的人的存在是不必要的。

這世界以自己的規則在演一齣戲劇，許多人的生計也如藤蔓般附著在這九宮格的構圖上，寫實畫中那虛幻的花朵盡情綻放著，並不需要我這名異鄉人來多畫一筆。

省略血跡的畫與忘卻本能的台詞，這是一齣喜劇呢？還是美麗悲劇？

我這樣跌跌撞撞的人生到此為止。真的比戲劇還要虛幻。天真傷口裂開還不放下的我活了下來可說運氣不錯，也正因為如此，我感到不甘心，因為我沒能死去——也沒有成為英雄。

我只是活著。

活著或死去是一種罪惡嗎？

所有人都是罪人，因此死去並不是罪惡吧。

這種本能也是無罪的，當每個人都有罪，罪不須被結束。

前往出口的路上我又回到了那名眼睛長花的女孩的所在，但她已不在那個街角。

我再度經過她曾經所在的位置，冰寒的小巷空無一人，盡頭透入光芒的地方卻有一灘暗紅色水窪，好像梅花的血跡，又像某種靈魂的殘跡。

再抬頭仰望，在徹骨的深淵之中，有朵花在此猛烈的綻放——

虛無，空，真實，那瘦弱的肩膀……望著那笑容，我將永遠困惑下去。

我想要誠實的面對世界，因此我把整幅畫毫無保留，也不上色的在此展了出來。染上的淤泥不也是一種盛開的必然嗎？

那不必盛開了吧。

「怎能一直迷惘下去呢？」

「這是因為……世上有我想改變的錯誤，卻不存在必然的正確。」

我的心跳聲……若我的心不再跳動，那我的呼吸將一片死寂，而我按下的快門與琴鍵就能更加動人。

可是它一直如此穩定的跳動著，一直這樣跳下去。」

宛如妳沉穩的話聲，野性的眼神。

義大利往南法火車上

不管此刻的你在何處，我都想告訴你，再活下去吧。

我想此時你大概早已發現到結尾了吧……其實，早在你還那麼年輕時，就已經了解了，不是嗎？可是，現在的我還沒屈服。我當然希望你已找到了那令你活下去的解答，然而，即使還沒找到，我也不會怪你。

我希望三年後的你依舊記得，即使再孤獨、再痛苦，都不要忘了自由。我多希望你能和此刻的我相聚，這樣一來我就能告訴你我是多麼的確信你將依舊是獨一無二、自由自在的，而你也能告訴我，你到底擺脱了孤獨沒有。

如果答案是是，那我衷心的爲你感到高興；如果答案是否，那我依舊會陪你走下去，作爲此刻你記憶中那個年少的他。

2017.05.04

這世界

或許應該在那天讓我死去並實現我的電影的，在那之後我曾經無數次這樣想過。可是如此一來這世界便也沒有意義了。

恐怖份子並沒有開門，攻擊也沒有真的發生。倫敦的中心封鎖了兩小時，才發現只是虛驚一場。

故事之所以在這年代存在，是為了填補人們心中的裂痕。可是死並不是唯一的悲劇，活著也不會是喜劇。這份裂痕就在那。因為如此真實，於是如此孤獨，便也如此。

這世上的虛幻之花與淤泥往往誕生自看似微不足道的情感與孤獨，曾經我為此感到痛苦，想追求不變的信念，並想確切的擺脫孤獨。

可是我們和電影不同，沒有人可以永遠不孤獨。在夢中我們是孤獨的，在腦中的海裡我們是獨立的。仰望天空時，我們也是獨自一人。

在台北的人群裡行走，時常感到一股近似沙漠又似雨的漠然與痛，然而瞥見你的身影，便又重拾了呼吸。

即將升上高中三年級時，我曾有過一位心理諮商師。諮商師誘導思考的方式熟練得像在拍電影，彷彿深怕在我脆弱的心中留下裂痕，所以看沒幾次我就沒興趣再去了。

然而我們有過的一段對話卻在我的腦裡留了一道深刻痕跡：

「……那我很好奇，你為什麼會說，你覺得自己不自由…覺得自己與這世界格格不入呢？」

「我覺得就像電影吧。」

那時的我望著窗外有點橘的黃昏想了一下——

「大家都愛看電影，可是當像是電影角色的人物真的出現在他們的生活裡時，他們反而不敢置信，嚇得退避三舍？」

「我覺得你說的真的很有道理耶！」

諮商師因為我出乎意料的答案驚訝了幾秒，然後用我再熟悉不過的動作低下頭來做起了筆記。

之後，我們繼續劇本式的你問我答。然而，接近當天喜劇的尾聲時，諮商師出乎我意料的再次主動提起這話題：

「我非常贊同你說的，在台灣好像就是這樣呢。」

忘詞的一瞬間，我覺得自己的角色彷彿和諮商師對調了，不禁覺得有點好笑。

之後我開除了諮商師，卻依舊感到很不自由，於是決定在那濕熱的暑假拍一部電影短片。

我號召了我所歸屬的朋友圈及一圈比較要好的女生圈，大約班上十幾個人來拍我的電影。從高二起大家就低頭為學測冷漠的拚命，不知為何聽到我要拍電影便興致勃勃。我問一名姓張的女同學為何這麼想拍電影，她說：

「因為我想在我十八歲的暑假留下深刻記憶，這樣以後才有值得紀念的故事，我不想在心中留下遺憾。」

高三時我和一名老師對立著。

手指裂了一截的老師自稱當老師之前混過黑道，上課喜歡講支持的政黨及紀念自己過去的故事。總是替同學取一目瞭然的綽號，胖子就叫胖子，矮子就叫矮子，彷彿只要老師走進班上，就上演了一齣喜劇。

同學們大多崇拜這樣懂得人情世故又現實的老師，使我覺得很不真實。

然而這並不是我和老師對立的主要原因：

某天上課鐘響，我的死黨上完廁所回來後便一副心神不寧的樣子，好像見到了什麼不該見到的東西。

「剛剛老師在我上廁所時經過我後面，亂摸我屁股，幹！」

他對我抱怨。

老師走上講台，全班起立敬禮。

大家都知道老師愛開玩笑又誠實直接，因此這次說不定也是喜劇裡的一個笑點。

我想死黨也是這樣自我安慰的，因此他之後便沉默不再說話了。但我隱約感到很不自由。

老師用紅粉筆在黑板上劃數字，粉筆灰混在晨光裡籠罩了我們。

從那之後，我再也不正眼瞧老師。

有著和名字不相符的倔強性格，我的眸裡常有一道不馴與近乎無色的清冷。

替我取名字的父親在能留下任何一道記憶前就死了，溫柔信任這世界的母親於是只得和我還有妹妹一同成長。外表清秀又有點孩子氣的我和班上的女同學很聊得來，然而我行我素卻也為我帶來了一群男同學的嘲諷。

我是一個對情感過度認真的人，遇見我覺得不對的事時，闖紅燈前一刻或即將為一切畫上句號的那種眼神有時會在我的眼裡一閃而過。就是那種逼急了會反叛並做出驚世駭俗的事的眼神，使得不喜歡我的老師與同學對我抱持了一股混合著厭惡與畏怯的情感。

喜歡取綽號的老師卻以本名稱呼我，同學對我的孤立也只來自背後，就像藏在布幕後的演員，而我卻沒有角色。

然而，我無法將他們簡單的視作喜劇裡的反派。我時常翹掉第一堂課，漸漸我從高一的資優生變成了高三的壞學生。

我並不相信老師的故事裡分明的善惡，也不願放棄與不喜歡我的同學和好的可能。

漸漸的我的心產生了裂痕。

我受不了生活裡正在上演的不完美的喜劇，卻不能做些什麼。

因為這是一齣終將成為故事而且值得未來紀念青春的喜劇，而不是我心中真正追求的皆大歡喜的喜劇。

因此我想拍電影。

那部未完成的電影叫作「Any Other Dream」，意思就是「除這個夢境之外，其他的夢境都好」。

我們在一名曾經孤立過我的同學家拍攝了幾段環繞著潛意識主題的鏡頭。我想以預告片的形式來呈現電影，打算將拍出的場景碎片拼湊在一起，藉此呈現出這齣我們所身在的喜劇不真實的一面。

然而，就像許多理想主義者的初戀，我沒有能力在暑假結束前實現心中的電影。

無法拼出沒有裂隙的完整拼圖，我也不願意妥協，於是選擇半途而廢。

恰巧母親當時因為過於疲憊而關節炎復發住院，便以此為藉口擱置了電影。

那是我第一次在他人的生命裡拍了部小小的悲劇。

只有藉由創造出自己的電影，才能和這世界正在上演的電影對抗。我如此堅信。

第一天踏入高中校園時，我成為了學校特設的資優班學生。

在那一年以後，許多同學因為成績未達標準，必須從資優班被強制轉離。

選類組時，資優學生的選擇只有理組。成績達標，卻為了選擇文組而自行退出資優班的，全校我一個人。

高三又翹課的那天午後，我獨自走在學校的圍牆外。

用指尖在留有太陽餘溫的白色粗糙石牆來回撫觸，我抬頭望向上頭敞開的教室窗戶，以及長得都高出圍牆的樹，樹上淡紅的花在風中自由的飄零……我第一次察覺到原來自己的心在滲血。

同學們低頭苦讀的那個最後冬天我丟下友情與親情出國，以父親的遺產我一個人來到了英國倫敦的一間預科語言學校。在倫敦，我第一次見到了雪、下雪氣候的無常性、也認識了後來在我生命中成為了重要角色的波蘭女孩P。

我見到雪的那個傍晚也和P在一起。

我們雖然是同一批入學生，也是在新生會上認識的，但她的英文程度比我好，因此和我分在不同班。她在分級的C1班，而我則是B2。

那時學校剛下課，我們約在學校生長著白千層的中庭碰面。我是首先察覺了雪的存在的那人。宛如愛情片的情節，我們見到彼此的瞬間，中庭裡下起了雪。

小雪花靜靜落在染成了深藍色的桌球桌，而我們，踏上了回家的旅途。

倫敦的天空幾乎總帶有一種令人落寞的蒼白。

許多路人待到雪稍微大了點才往天空抬起頭，接著發出驚呼。

我非常興奮，彷彿實現了心中電影的一部分。

P卻不為所動的笑我大驚小怪。

或許因為被雪淋慣了，她不驚訝，甚至顯得有點麻木。

雪花如鏡子碎片又如風中灰燼的落下，

她看透的眼眸使我感到些許孤獨，卻也感到自由。

那個夏天老師給了我39.5分的成績。重修並終於從高中畢業之後，我決定休學一年並在歐洲的國與國之間遊蕩。

我尋覓起了心中的、寄存在課本上的桃花源。

到波蘭羅茲找她時，正值那聖誕節前後、新年之前的深冬時日。

當時我有一種感覺，好像自己在找到自己的旅途上，卻又好像仍然坐在教室那靠窗的位置上。

羅茲的冬蒼白且冷清，很像一座白色的平原。

「波蘭很少外國人，我同學都對你很好奇。」

街上行駛的電車載著面無表情的眾人，不穩的眼神隨著起伏的電車搖曳，格外的讓我想起台灣。

晚上，我們到酒吧晃了一圈。

回到家時已跡近深夜。

她讓我住在她家，然而她家並沒有客房。她提議自己睡在客廳的沙發床，把房間讓給我睡。

我當然不同意。

我們醉醺醺在昏暗的客廳裡吃她做的三明治，依舊為著誰要睡客廳而爭辯。她說再吵下去會吵到她裡頭正在睡覺的父母，而且讓客人睡客廳有違波蘭人的待客之道。

最後我屈服了。

新年的那夜，我們和她的高中同學一起到公園某處坡地上放煙火、看煙火。

由於實在很冷，那年我並沒有放煙火。

只是手插口袋，望著小煙火的白燄在地上霹靂啪啦的躍動。

寒冬一瞬明亮，一瞬黯淡。

我們在火車站的分別如同波蘭天空中的雲，蒼白而清晰的脈動著。

讓人想起僅僅幾十年前這片天空下，此處曾經裂出了世界的裂痕。

這不是永別，我們都知道，可是我們卻得道別，再度回到各自的人生，而不像喜劇那樣便停留在相擁的片刻，亦或是從此幸福快樂。

等待登上離別往華沙的火車時，我發現了一件事：電影或小說裡的人的時間總是停格在結尾的剎那，因此喜劇可能存在。然而這世界裡的時間從不停止進行，美好的結尾總有一天也會分離。

因此嚴格來說，其實這世上只有悲劇，沒有喜劇。

一路往東的火車進站了。

頭也不回的走上火車時我和一名突然起身，看似急著下車的男乘客擦肩而過。

我察覺到口袋中的手機似乎晃動了一下。

我望著男乘客奪門而出，才理解到原來他想摸走我的手機，卻失敗了。

我並沒有追下車，而是愣在車上，腦海裡滿是適才在他眼裡閃現的眼神。

P的房間裡擺著一隻日本藝伎的人偶，宛如我對諮商師說過的話一樣在我腦中留下痕跡。都是真人真事，卻也如電影情節虛幻。

那次屈服曾是我的電影不完美的地方，哪有英雄會讓公主睡在沙發上？可是她不是公主，我也沒有殺死壞人。

英雄只活在善惡依舊分明的時間裡。還足以為了身邊的眾人義無反顧揮劍、人事物還不會如此轉瞬即逝的那時候。

曾幾何時，我一一數過高中同學們的臉孔，然而，卻不見任何一張真正快樂的臉。許多張臉試著以快樂的姿態活著，卻沒見過任何人無所畏縮的笑過。

我再一一數過身邊人的臉譜，亦不見一張真正快樂的臉。

身邊的人都已長大成人，但這些臉卻以一張張小孩笑臉的形式浮現，和面對鏡頭時擺出ya的笑臉一樣。有如一直困擾著我的沒拍完的電影，大家在富有人情味卻不寬容的觀眾們注視下無法停下的演著……

自我指的是他人目光裡映著的自己嗎？善良的光芒、自由的陰影，卻沒有讓這部電影成真的意志……

二零一二年，這樣覺得的我想逃離這座島正在上演的電影。

我順利申請上了紐約一間藝術學院的戲劇系（SUNY Purchase College），在紐約演了一年的舞台劇，又逃到了波士頓一間知名的私立貴族傳播電影學院（Emerson College）。

在波士頓拍了一年的電影後，又從美國逃離到了英國。家人相信我能成為英雄，以父親僅有的遺產支持我。

我的少年生命正如同我的人生，哪也不歸屬。在紐約時有鋼琴與友人的陪伴，然而在波士頓時，我感到了前所未有的寂寞。

學習拍電影比看電影難上許多，我學會了在暗房裡渡過日日夜夜，在微弱的燈光裡剪開又黏起承載著片刻光影的膠捲；也學會了獨自在完全隔音的剪輯室裡戴上耳機，聆聽聲軌上超過零分貝的一絲絲雜訊，然後讓它消失。

選修了心理學的我，卻無法在和同學合作拍片時好好的傳達自己的想法。我渴望能讓對方徹頭徹尾的了解我腦中的電影。就像高中時帶領大家拍電影，心中卻渴望和不喜歡我的人和解。

在並不相信桃花林的美國同學面前，我要不就得大費力氣的解釋自己的主意，要不就只能微笑而沉默不語。自己獨自拍出來的悲劇短片卻得到了眾人讚賞，妥協和同學拍出的喜劇電影也入選了全國傑出青年電影節（NFFTY）。

在我之後的靈魂上裂出一道寂寞的並非學習拍電影，而是因為我察覺美國的人們也沒有真正去了解心的意願。

上課時，政治傾向分明的教授批評美國分裂的兩黨中自己不支持的黨，而同學們亦無一例外的附和老師。逃離裂痕，我尋求西方的自由與平等，然而教授的堅信卻再度讓我感到不自由。

年輕的我還不了解政治的意義，卻總覺得教授與同學那樣尖酸的批評不該施加在任何人身上。大家拚命說服我站在他們那一邊。如果人總得在這部名為世界的電影裡選邊站的話，那現在與以前的差別只在於這齣喜劇從少數人的喜劇，變為多數人的喜劇而已。

在這齣復仇喜劇裡，過於誇大的兩道聲音互相以怨抱怨，為了在觀眾眼裡留下一道記憶，借由虛幻的台詞與描繪童話般的世界來把事情導向所謂正確的方向。若要復仇，便得選邊站，找到自己的名正言順。從以前到現在都是如此。過去被壓迫的人們想把曾經無從確定的身分作為優於他人的證明，而曾經理所當然優越的人們則拚命的想抓緊過去的美好藉口。

這一種基於現實所達成的不完美的平衡使得天真的我迷失了。

某個雪後陰晴不定的下午，在剪輯室留下剪片的我到學校附設的超商買杯咖啡裹腹。

在機器裝好咖啡，我來到了結帳處。

排隊時，一名男子快步走出店門。等待自動門開的剎那，他和我四目相交。

我在那雙眼裡見到了一種極為特殊的情感，似是畏怯，又似恐嚇。

目送著神情不定的男子遠去的背影，我才注意到他藏在身畔的手上握著一塊三明治。

2015的那個冬天我碰上波士頓有史以來最大的暴風雪，整整一個月被困在家裡沒有上課，卻覺得自己彷彿置身在戰火的正中央。

這世上吞噬浪潮不斷，那麼就會有反撲。曾經有水源的地方，乾旱時龜裂得越嚴重。當時的我一度認為自己最後必將變成自己曾經咬牙切齒不屑過的人，無法繼續演下去的我於是最終離開了美國。

一個人做錯了事，便必須給他相對應的制裁。在這一點上，美國和台灣很是相像。然而，這份相對應的制裁其實誕生自眾人的目光，就連揮下劍也是借他人之手。

這齣壞人死掉、復仇成功的喜劇在我所生活過的兩個國家都很流行，但在我眼裡有人死掉的喜劇不該稱作喜劇。

每個人都有自我，為什麼人們就是不了解呢？

以東方的思維來看，我們活在一個亂世之中，正如同我們相信終能找到令殘缺的自己完整的真愛，又如同我想拍出的緣於心中桃源的電影……而以西方的思維來看，只要能在亂世之中找到自己的聲音，那亂世波瀾的鹹水也是一種自由。

然而，我到底在追尋些什麼？我到底該怎麼辦？我這樣問自己。

為了讓電影成真，自找與世界為敵。從東方尋覓到西方之後我發現：無論到哪，都是一樣的孤獨……

或許我的本質，或許眾人的本質都是孤獨的，而這件事，究竟是好是壞？

未來人們會把此刻稱作一個眾人孤獨的年代吧？

我很想和過去的自己和解，可是倔強的他一直不願意點頭。

不願只有做夢的想像力，卻沒有使其成真的意志力，也不願只有相信自己的意志力，卻沒有了解不同的想像力。那時這樣的我其實很接近死亡。一方面我不願意妥協，一方面我又覺得這世界終究是不完美的。

暴風雪將息未息的一晚，我從深夜的琴房走出。走廊上坐著兩名正在讀書的女生——

「You played beautifully.」

「Thank you.」

「What was the name of the song?」

當時我笑了笑，張開嘴，卻沒能說出口。

波士頓市中心的貴族學校沒有音樂系，琴房卻配有高級鋼琴。在鋪滿黑色隔音海綿的剪輯室待到深夜，我便會接著到琴房彈琴……春初的一天，我搭火車回紐約。獨自佇立在依舊白紙一般的天空下。我就在雪中流離。在陌生街上的人群裡走，就這樣一直走著，往前一直走著。

我讀的國中，是一間即使全校第一也無法達成PR99的公立學校。也就是說，即使在這間學校考了第一，也永遠不會找到正確的解答。

但我卻不孤單。無論是已下定決心打算混黑道、翹課抽菸騎車的男同學；還是父母離婚，為了生存而開始半工半讀的、或嘗試過自殘、自殺的女同學，我都很想去了解。

考高中時，我考了PR95。也就是說在100個人中，我比4個人犯下了更多的錯。當時刻深的一幕：我站在教室門口，把成績單遞給老師看：

國中老師朝我望來：「考的很好，但你數學那麼好，本來應該全對的。」

補習班老師朝我望來：「你是應該要上前三志願的人。」

家人朝我望來：「一定是老天爺要給你命中註定的考驗。」

國小老師在家長聯絡簿上寫下：「恭敏以後一定會有一番成就。」

「你要留下遺憾嗎？」

於是畢業那個假期我逃進了台北車站的重考補習班。重考成績沒變，能上的學校卻反而因為重考而排名更落後了。然後就這樣我進入了台北市中心一間高中的資優班。

國小時，因為爸爸死了，所以我便在安親班渡過每個放學後的夜晚。有一天傍晚，媽媽送我到安親班。媽媽把我交給櫃檯的老師後便得轉身回公司，我很不捨，一路追了出去街上。

老師後來告訴了媽媽。媽媽覺得我孝順。就像我常常在媽媽睡著時偷偷把手指伸到她的鼻子下，確認媽媽還有呼吸。

很暗的那條街上，我想知道：媽媽爸爸為什麼走？

爸爸會死，是因為他曾經憑自己的努力當上某間大科技公司的經理……所有人都覺得他很優秀，家人以他為英雄為傲，然後在世上存活不到三十五年爸爸就這樣累死了，還上了新聞。

國中一個週四朝會升旗時，我躲在台上布幕之後注視著，無數同學低頭望著烈日下發光的鮮紅色PU跑道，等著喇叭廣播我的名字：校排第一，×年×班，黃恭敏。

還在紐約時，我曾在北美洲的嚴冬裡到依舊夏天的中南美洲獨自旅行。

旅途間，我認識了一名來自加拿大的年輕護士，她曾深入非洲戰區面對過被大人強迫舉槍殺死親人的小孩，也曾到北韓救助困於饑寒的窮人。

見識過生死的她，彷彿不再在意很多事。

波多黎各種著棕櫚樹的街道到處有塗鴉。我們呼吸暮色中混雜著的濕氣與熱度，在西班牙童話般殖民式的建築間閒晃。總感覺在下個轉角便能撞見狂歡的人群，或聽見一聲上世紀穿來的幽魂槍響。

尋尋覓覓，我們來到了一間當地的酒吧。我記得她點了一杯鮮藍色、中間飄浮著一顆櫻桃的雞尾酒，自己點了什麼卻忘了。

在酒精與浪潮聲的中和下，她想起什麼似的向我揭露自己小時候其實是名芭蕾舞者，後來加入了某知名現代舞團。

「那妳身體應該很柔軟吧。」

我不經意的問道。

「還好，但我床上功夫很好。」

「那妳為什麼會退出舞團？」

我苦笑了一下，就像面對美國同學時言不及意的微笑。

「那時候我和舞團總監……在交往，說實話我並不是個天生的舞者，其實那時候他會讓我演出，我想也是因為我跟他上床。但他有女友……所以後來我就退團了。」

她的話語並非如此直白，但在我心留下痕跡時卻是如此這般猛烈。

聽她說完，我驚訝的發現自己其實見過她口中的舞團總監。

在紐約讀書時我曾看過那舞團的巡迴演出。而那位年輕的總監正是台灣人。表演結束後他曾現身舞台。

座談會時，他無法以英文作答，卻反而受到更加熱烈的掌聲。

台下如雷的掌聲，在我耳裡頓時和悲劇的謝幕沒有兩樣。

在那之後，我和一群滿不在乎的芬蘭衝浪客一路橫越島嶼，到了西邊的一座人跡罕至的小鎮衝浪。

那座對經驗豐富的芬蘭友人們來說都很凶險的海裡有海膽，從浪頭掉進海裡時尖刺便會扎入腳底。除非用刀子開一道小裂口挖出，否則走路便得痛上一個月。

想忘記循序漸進的謊言的我付出了自由的代價，一波沒能成功駕馭的洶湧大浪碎裂成浪花，跌進海裡的我屏住呼吸以待浪潮反撲過去，卻等到衝浪板撲上了我的臉——深深的插進了我的下顎。

找到當地只有一位醫生的診所，護士問我該怎麼辦？要縫傷口，還是等它自己癒合？

年輕的我選擇讓傷痕自己流乾癒合，從此臉上留下了一道疤。

夕陽西下前的一個傍晚，上岸前還想再沖一波浪的我獨自漂浮在黃色的海與自己映在海面上的倒影間。

忽然我看見遠方岸上有一名年輕人在向我吼些什麼，卻無法透過海浪聲找到他的聲音。年輕人身旁有一名駝背老人猛力向我揮手，示意要我上岸。

「這片海域太危險了，很容易撞上礁岩。尤其是這個時刻暗潮很猛，如果被暗潮帶走，你上不了岸，就得徒手划到對面那座島——」

划上岸之後，老人用英語對我說，手指著遠方的島。

「這是你的選擇，你相信你可以嗎？」

我覺得很累的自己已沒有了那個體力呼吸，於是聽從老人的勸告收起板子，回到旅館等待2013年過去。

新年前三十號的那天晚上，我們旅店隔壁的出租公寓裡有名同樣來自美國的遊客被當地一名青年捅死。

四十一歲的美國遊客Brett帶著妻子和兩名小孩，在不到七十平方公里的小鎮上租了一間公寓，打算在此渡過新年假期。那天晚上，他聽見廚房裡的聲響，起身時恰好撞見闖空門的二十一歲小偷。試著制伏小偷的他被廚房的菜刀捅了三刀，流血過多而一個人死去。

警鈴聲響徹了瀕臨加勒比海的小鎮。一直到新年過後我離開當地為止，打碎窗戶跳窗逃走的嫌犯依然在逃。

然而當時我並不擔心，反而比較在意戀愛與海膽。

浪潮與浪潮之間結識的衝浪客中，有兩名從伊拉克退伍的年輕美軍，比我大不了多少的他們相信自己總有一天會再重返乾旱沙漠，即使知道鮮血會染上制服也要守住承諾。

我所知道的是，護士後來找到了自己的信仰。

「我相信這世上發生的一切都是有原因的，是神為了讓我們變成更好、更善良的人。」

她在一則發文裡寫下自己的故事。

「受過的傷讓我可以去分辨什麼是對的，什麼是錯的。」

離開美洲的暗潮後，曾經很欣賞我的美國教授來信希望讓我在她的電影裡演出一個移民美國最後卻死去的角色，可是當時我在西日本的海道獨自騎單車。

夕陽下濃霧裡隱藏裂傷的我依舊相信自己能在這世上找到自己與生命的意義。

我想回倫敦，再重現第一次見到雪、依舊相信美好童話與綠燈的冬天。像電影倒帶一樣，為我的旅行賦予尋找救贖的意義，最終找到自己的歸屬。

轉學去英國以前，我回到了台灣考試。在台北的那個六月，使我滲血。

難以忍受家鄉汗流浹背又無處可逃的感覺，那個月我每天都得搭上捷運去咖啡廳看書。每天經過的台北車站捷運出口有一座電扶梯，而電扶梯旁的牆上張貼了一間補習班的大型廣告。

隨著電扶梯上升，一張張高中生笑容盛開的面孔映入我的眼裡。他們胸前的標籤寫著讀的是哪一間高中，以及上的是台灣大學的哪一個系。

長相越亮麗的女高中生排在廣告的越中間。他們綻放笑容，卻並不開心。越有自信、在正確的道路上領先的男高中生排在越中間。彷彿知曉我在注視著他們，他們的眼裡沒有獨立於城市的野性，也不敢露出溫柔，卻彷彿為了證明什麼而安慰著誰。

很像我撞見的小偷，使我刺痛。

又像天天上映的一齣過程艱辛，結尾皆大歡喜的電視喜劇：和眾人的目光談戀愛，並和自己的謊言做愛生小孩。

因為這世界的缺陷，整個夏天我都很想把廣告整張撕下來。

在我腦中深刻下痕跡的不是那名小偷，而是那名總監。

出身貧窮台灣家庭，被視為忍辱負重、逆流而上的英雄象徵，總監是悲劇裡捏塑了美麗花朵的小丑，有如川端康成與莎士比亞的夢境，也和講台上利用天真，以故事設下獵殺好奇心的陷阱的老師與教授很相似。

也和我類似。

被利用的小孩厭倦了做夢。當時我身邊同齡朋友的裂痕差不多都結疤了，也不再困惑了。我發現人心在綻裂凋零之後都有強迫自己相信善惡分明的傾向：只要遵循世界的規則，就能好好活，並把過去的傷痕歸罪歸檔。

宛如嘲諷卻堅信唐吉訶德的侍從，卻並不相信自己能成為騎士。

經歷了這些我們所經歷的事之後，試著說服眾人這世界是很簡單的：這世界在我周遭的人，家人，同學的眼裡變的完整了；自己沒能實現的夢，卻要透過他人去實現。而我很擔心自己以後也會變成這樣——

我依舊有一種感覺……好像我獨自坐在教室靠窗的位置。而那個小小男孩，就這樣一直長成了小男孩、男孩、少年，然後它就不再跳動了。這些年來這顆心始終空盪盪的，只有外貌繼續長成了青年、大人……

穿著學校制服的我獨自望著窗外的夕陽，滲漏的心牆染上了永遠難以言癒的孤獨顏色。

蒼白的我一個人遠離家鄉，一直等到現代的雨流進了這間教室，我發現：這一切悲哀的純真命運，竟只因同樣悲哀執著的大人角色告訴我們：不要說出口。

因此我繼續的逃，試著實現我的電影。轉學考試一過，立刻飛離這道裂痕。

當時台灣直飛倫敦的航線還沒開通，我去倫敦的班機得在中國廣州轉機。匆忙買的機票轉機時間長達十幾個小時，原本以為如往常在機場過境區的座位上睡過一夜即可。沒想到下機之後，我卻被機組人員要求過海關入境。

同機的英國人順利的入境，有台胞證的台灣人也入境了，只有什麼都不知道的我卡在海關處不知如何是好。僵持了一會，海關官員叫了警察來了解狀況。

一名女警出現，質問我的身分並了解狀況後，決定帶我去辦一張臨時台胞證。

辦理台胞證的地方必須過了海關才能到達，而我需要台胞證才能過海關，因此得由女警押送我去辦。

跟隨女警，我們來到海關的警戒處，她要我在外頭等她一下，自己進去警戒處拿東西。不知輕重的我便在警戒處外四處張望。

我望見不遠處有兩名警察。原本正在聊天的他們也看見了我，微笑並向我招手。

我報以一笑。

兩名警察互看了一眼，接著對我比出了一個「有銀子嗎」的手勢。

不知道他們把我當成了偷渡客還是走私販。

這種情節如果發生在武俠電影，我想成大事不拘小節的主角應該會直接從懷中掏出一些碎銀兩打發了事吧。如果是富有正義感的主角則更會點了兩人的死穴，飛身而去。

可是當時我什麼也不會做，哪裡都不會去。

只是靜靜的等待紅燈轉綠，壓抑深處闖紅燈的欲望。

捷運電扶梯上升至盡頭處時，我回頭一望，那整幅廣告拼圖的角落處停置了一名女學生的臉龐，她轉瞬即逝、無所意謂的眼神裡沒有紅燈，也沒有綠燈。

缺陷了一塊拼圖，使得這幅畫在我心中更加鮮明了。我覺得迷惘的自己很弱小，卻很想修補那顆心……並非填補自己的拼圖。

過了好一會兒，女警才從警戒處出來。

成功入境廣州，我被航空公司直接送到一間五星級飯店，招待入住了一間擺了兩張大空床的套房。

很累很累，於是晚餐我便就近在飯店一樓的日式餐廳用餐。

踏進門，彷彿在門口等候已久的服務生笑容滿面的問我是哪個航空的。

我回答南方航空。

「好久沒有南航的人來了。」

服務生格外親切的對我說，我有點困惑的望著她。在服務生的引導下我入座。菜單隨即被遞上。

環顧四周，寬敞明亮的餐廳裡除了我一個客人之外，誰也不在。我忘了自己當時選擇了什麼，只記得服務生臉上的微笑。

溫柔的她問我：「您要用支票支付，還是用公司的額度支付？」

「不能付現金嗎？」

她面有難色：「這個……直接從公司的額度扣吧。」

一問之下，才發現原來她把我當成了終於回到家的空服員。我向她解釋我只是一名普通過客。

於是服務生馬上把菜單收走，換上了一般人的菜單。

在那間蒼白滲水的教室裡，有一張稚嫩的笑臉與一雙比鏡子還透澈的雙眼，然後就這樣如播放電影般慢慢長成了依舊笑著，眼神不時透露出寂寞與困惑的少年…然後水位上升：唇、鼻、眼…是張從此不會再打從心底笑的大人臉孔。

人們都稱讚長大了？還是，其實恰恰相反呢……望著這一幕卻窒息，很想對溫柔笑著的小孩吶喊：不要坐在那裡，教室已經滲水……

眼裡的水溢滿了，

一直低頭走著的他抬起頭來，望向眼睛色的天空

「傾斜、洩露、崩毀——都是為了你…」…我而活，他接著踏上旅途

聽見了嗎？看見了嗎？

過去的記憶、未來的想像……那都不是真的呀

廣闊的這裡存在了無盡的孤獨痛苦國家語言文化界線，卻也存在了他

真實的我

因為感受無常，所以獨自佇立，也因此追尋世界

我卻依舊很想以有限的生命，去感受他人有限的生命

「還沒，也許永遠不會。」

「但是我現在啊…有了一些新的想法……」

「…你願意聽聽看嗎？」

那天夜深，我因為五星級飯店房間過於空蕩而睡的很不安穩，我從夢中驚醒時，一個人歎了一口氣。

暗夜裡已孑然一身的我坐著，一連串的巧遇使我覺得這很像恐怖片裡會發生的情節，心裡卻已不再如高中時那樣害怕了。

如果世上真有鬼，我覺得大概和布幕後的演員很像吧？戴著喜劇亦或是悲劇的面具，年復一年、一天一天的演下去同一齣戲…因為害怕孤獨，所以去使別人

孤獨…從這個角度來說，其實鬼就是沒能長大的人們而已。在心裡築起一面牆來囚禁他們……我想我不再需要。

誰都不能忘記過去，可是我們卻可以再試一次。比小孩還自由自在……因為我們曾經去過小孩沒去過的地方，一起經歷了只有我們才經歷過的事，卻還能像小孩活著呀。

若是能和過去的幽魂對話，我真的很想跟那個高中一年級，義無反顧的退出資優班，只因為相信自己能憑著一顆心與一雙眼就能在這世上自由自在活著的倔強小孩說說話……

「未來我會快樂嗎？你覺得我會後悔嗎？」

「……」

「那我能打破命運嗎？我能達成夢想嗎？」

「如果我告訴你，你不會快樂，卻可以達成夢想……這樣的話，你會後悔今天的選擇嗎？」

「……」

「……你會打從心底孤獨，還會一直經歷失去在乎的人的痛苦……真的很多很多……好多好多……而且還要找好久喔……一直尋覓很遠很遠的地方，努力卻不會有歸屬與解答，即使這樣…你還要走這條路嗎？」

這一齣電影還要演到什麼時候呢？

在倫敦讀大學的三年，我時常這樣問自己。是不是人只要聚在一起，便必得分裂成團體與團體？

但大家都是人呀。

人與人的界線是人創造出來的呀。

正是從小到大一直如此的堅信使我難過。

我很想說服自己踏上旅途——活著是為了終將找到的那個可以讓電影與小說實現，徹底擺脫孤獨或起死回生的解答與真愛，可是那樣堅信的笑容是會使人流下眼淚的，甚至會使人死去的。世上有人會因為我而哭泣，那自己便無法真正的快樂。

不會放棄追尋卻不知道如何追尋真實的我慢慢察覺到：在這世紀，人孤獨的本質並非肇因於肉體上的孤獨，亦不是心靈上的分歧，而是因為這世界自由的裂痕。

前方的桃花源是真的已經死了。卻並不是個悲劇。

過去我總是逞強過著試著相信別人，想與這世界和好的日子，這份孤獨正來自於此。

了解比相信來得孤獨。為自己而活，比為別人而活來得孤獨。如同人們嚮往世界一樣，然而去到遠方，是為了找到自己，而不是為了逃避自己注視著自己的眼光才去到遠方的。

這世界為什麼會這麼孤獨呢？

許多人以為自己已了解了這個世界，卻不願意試著去了解這個世界呀。

轉學去波士頓之前的那個暑假，為了不被成年必須服從的兵役中斷學業，不能回家的我就像其它假期一樣逃到他鄉。在義大利與法國國界間的明亮夏日裡，我得知一直相信那麼勇敢的小男孩總有一天可以通過老天爺的考驗並成為英雄的阿姨因長期酗酒病危……昏迷…以及死去的事，使我必須在返鄉舉起槍與不舉起槍之間做出抉擇。

沒有回頭的我選擇了孤獨。

2017年三月初，某輛轎車在倫敦西敏寺橋上衝撞行人，六個人死去。

五月中，英國曼徹斯特發生爆炸，二十三個人死去。

六月初，倫敦橋上再度死了七個人。

說不定哪天自己也遇上這些悲劇？沒有遇上這些悲劇，是否意謂我有義務為自己還活著感到幸福？

這些悲劇，造就了更多的悲劇。為了證明悲劇不是白演的，人們造就更多悲劇。在這些悲劇與悲劇之間，我們再也無法去自己想去的地方了。

十一月將近月底的時候，倫敦市中心最繁華的牛津街發生了恐怖攻擊。當時我就在恐怖攻擊發生的地鐵站出口，陪著當時還沒交往，之後還是分手的前女友逛街。

剛從地鐵站正對面的服飾店走出，就看見一大群人朝我們直直的狂奔過來——

「恐怖攻擊！快跑！」

尖叫聲與狂吼聲此起彼落。

帶著朋友往與車站相反的方向跑。

街上到處散落了被人棄之不顧的垃圾、

來不及帶走的精品購物袋，

敞開車門的車輛，

此時當然也沒人在管紅燈了。

令人更加恐慌的是看不見的小巷裡此起彼落的尖叫聲，彷彿到處都有人受害似的，令人不知道該往哪跑才對。

不知道是遠方還是近處一道哭喊聲響起，原本慢慢平復下來的人潮再度驚慌失措。

牽著朋友的手脫離大街上的人潮，轉進了一條有著許多餐廳的小巷。

關上的門、關上的門、關上的門——

總算有扇門是開著的。

躲進了一間裡頭滿是避難者的餐廳，

避難者們望著闖入的我們，神情彷彿那名小偷。

朋友很是害怕。

「可以抱你一下嗎？」

朋友說，我擁抱了顫慄發抖的她。

外頭模糊不清的傳來警鈴聲，大家都在等新聞，可是新聞一點消息都沒有。

十分鐘過去了。

原本慢慢寂靜下來的街上再度響起了大量的尖叫聲，

外頭一群避難者潮水暴雨般湧進小巷，想找地方躲，

——避難者紛紛搶進餐廳裡。

「他們朝這來了！」

搶進來的一名女士驚恐至極的對我們說，好像親眼見到了恐怖份子。

「快把門關上，把燈關掉！躲到樓下的廚房裡！」

有人大喊，電燈被熄了，整間餐廳瀰漫了恐怖的氣息。

如果歹徒真朝這裡來，那待在這裡就是陷於貓捉耗子的困境——

思考了幾秒，沒有馬上隨著眾人撤退到地下一樓的廚房。

現在出去大街是不智之舉，

和朋友也下樓梯躲進廚房。

「把門關上！」

我一衝進廚房，一名男士便對門邊的我吼道，

畏怯且厭惡的眼神要我趕快關上門。

「後面還有人！」

後面還有兩三個人，怎麼可以丟下他們不管？

我抓著門把，讓門開著。

後面的人衝進了門，我關上門。

燈光蒼白的小廚房擠滿了人，大家目光一致，緊緊盯著食物鐵架上高處的一台小電視。

螢幕上不清晰的顯示了一樓的監視錄影，黑白的餐廳空無一人。

狼藉一片的桌椅與碎裂玻璃很有末日電影的感覺。

隔著無法擠開的人群牽著我朋友的手，身旁的門緊閉卻不能阻止子彈——

我的心跳聲——

如果恐怖份子真的進來掃射，那門邊的我會首當其衝，立刻從這世上死去——

其實真的很害怕啊。

我們還沒牽過手，汗濕的手握著的她的手很軟，緊緊的握著我的手——

我的人生最接近電影的時刻想必是此刻了。可是這不是小說電影，而是我的命呀！

答應你。這不會是悲劇。

我算好了自己與門的距離，望著螢幕上的黑白影像，憋住呼吸，我決定如果歹徒衝進來，自己要伏低身子衝撞歹徒。

也不會是喜劇。

而是我們的命啊！

我在裂痕處等你
孤獨的活著
我們才能自由的相會
知道嗎　這裡是這世界的裂痕
而我們就在此

在這兒的人群裡行走
時常感到一股虛幻的期盼或絕望
難以分清是想死還是想活
然而瞥見你的身影
便又能踏上旅途

嚮往一個紅綠燈不存在的地方與沒有國界的季節
所以獨自找尋闖紅燈的自由

抱著一個所有人都不孤獨的理想
跨過國界與國界　走過山頭與海
有人得到快樂　有人便悲傷　有人找到歸屬　有人便孤獨
我一個人在腦海裡煩惱了許久
不願只讓善良的人幸福　也不想只為相信自己的人努力
或許還是保留在紅燈時停下　在綠燈時過馬路的天真吧
天真有時候很殘忍
許多人與事也無法長久
殘忍的部分由我們來承受
我就在這裡　不在教室裡　不在某人獨自寫下的文字裡
因為弱小而武裝自己　信任他眼中的世界　或向人描繪世界的模樣
都不如去了解這個世界

在捷運站的出口等雨停，望著人們一個接著一個打開傘並走入雨中，忽然覺得這世紀我們走入了一場不會停的雨。無論撐起傘，還是躲到屋簷下，雨都不會停。

在雨中經過一隻蝸牛，我怕它被踩到，回頭用一片濕掉的葉子撈起了它，然後送它回路旁濕漉的草叢裡。

皆大歡喜的喜劇或許不存在，但值得改變結尾的悲劇卻有。

我無法承諾雨會停，也無法答應會有彩虹，可是我就在雨中。若是哪天我因某人而死去，我還是希望他能活下去。

我覺得啊，或許我們就是自己的歸屬……我們就是這世界

唯一真實的就是此處的我，以及此刻讀著的你。

看著我的眼睛，告訴我，這份未經修飾的情感不是真的

九　歌　文　庫　1348

旅記
世界裂痕處 等你

國家圖書館出版品預行編目（CIP）資料

旅記：世界裂痕處 等你／ Nero 黃恭敏著 . -- 初版 . -- 臺北市：
九歌出版社有限公司，2021.02
208 面；13×19 公分 . --（九歌文庫；1348）

ISBN 978-986-450-326-1（平裝）

863.55　109021740

作　　者 —— Nero 黃恭敏
內頁攝影 —— Nero 黃恭敏
責任編輯 —— 張晶惠
創 辦 人 —— 蔡文甫
發 行 人 —— 蔡澤玉
出　　版 —— 九歌出版社有限公司
臺北市 105 八德路 3 段 12 巷 57 弄 40 號
電話／ 02-25776564・傳真／ 02-25789205
郵政劃撥／ 0112295-1

九歌文學網　www.chiuko.com.tw

排　　版 —— 綠貝殼資訊有限公司
印　　刷 —— 晨捷印製股份有限公司
法律顧問 —— 龍躍天律師・蕭雄淋律師・董安丹律師
初　　版 —— 2021 年 2 月
初版 2 印 —— 2021 年 8 月
定　　價 —— 320 元
書　　號 —— F1348
I S B N —— 978-986-450-326-1

*編按：此書標點符號、字詞等特殊用法皆為作者創作之筆法。